SVEA KERLING

DIE EQUIPE

Der letzte Sitzkreis

Bibliografische Information der Deutschen Nationalbibliothek:
Die Deutsche Nationalbibliothek verzeichnet diese Publikation in der Deutschen Nationalbibliografie, detaillierte bibliografische Daten sind im Internet über http://dnb.dnb.de abrufbar.

Satz und Layout: J. Mertens
Illustrationen: Petra Bichler
Covergestaltung: J. Mertens
https://pixabay.com

© 2020 Svea Kerling

Herstellung und Verlag:
BoD – Books on Demand, Norderstedt

ISBN: 978-3-7504-2552-1

www.sveakerling.com

Svea Kerling, als Sonntagskind anno 1974 in Kroatien geboren, verbrachte ihre Kindheit in einer kleinen Gemeinde inmitten der hügeligen Landschaft im österreichischen Weinviertel. Auf der Suche nach Freunden und Akzeptanz fand sie ihre treuesten Begleiter: Bücher. Heute lebt die Autorin mit Kind & Katz unweit der österreichischen Bundeshauptstadt.

Über die Entstehung meines Buches

Ich weiß nicht, welcher Teufel in mich gefahren ist, dieses Buch zu schreiben. Mit der bloßen Ahnung, welche Prozesse es in mir auslösen würde, hätte ich wohl nie mit dem Schreiben begonnen. Doch ich muss ehrlich zu mir sein, eine andere Option stand nie zur Diskussion. Was hätte ich tun sollen? Es in meinem Kopf explodieren lassen? Die Gedanken mitsamt meinem Gehirn als Einheitsbrei von der Wand kratzen? Ich weiß es nicht, doch dieser Gedankengang würde an dieser Stelle zu weit führen.

Während ich also über dem Manuskript brütete und arbeitete, ich an meinem Projekt schier zu verzweifeln drohte, ja ich sogar zwischenzeitlich an meinem Verstand zweifelte, begann ich zu begreifen. Oder ich redete es mir ein, etwas zu begreifen. Wenn man sich lange genug etwas vorstellte, an dieser Vorstellung festhielt, daran glaubte … vielleicht würde sie ja wahr werden. Jedenfalls kristallisierte sich für mich heraus, dass es keinesfalls der Teufel war, der in mich gefahren war – nein, vielmehr waren es meine ureigensten Dämonen, die ins Freie drängten. Auch sie hatten Rechte für sich entdeckt und pochten darauf, mir ihre Sicht der Dinge darzulegen. Mir das Warum mit dem Wie zu erklären. Gemeinsam suchten wir nach der Wahrheit, die wir zwischen den verschiedenen Wirklichkeiten vermuteten. Naturgemäß blieb es nicht aus, dass sich unsere Wahrnehmungen überschnitten und sich wiederholt in einem emotionalen

Chaos entluden, doch genau in dessen Natur liegt es, etwas Neues zu gebären. Beständig suche ich seit jeher nach Mustern, verfolge sie hartnäckig – und habe ich eines entdeckt, ergreife ich es. Fast panisch klammere ich mich daran, will es nie wieder loslassen. Es bleibt nicht aus, dass es sich verformt, doch das ist okay, denn ich mache das Muster zu einem Teil meiner Harmonie.

Prolog

Keiner da; ich stehe mitten im Raum. Ein Raum, nicht groß, nicht klein. Hell. In seiner Mitte Stühle mit blauen Sitzauflagen, eine davon wirkt bereits stark abgenützt.

Ich sehe ihn vor mir sitzen. Er sitzt immer dort; den Block auf seinem Schoß, sein Blick oft leer. Hoffend. Resignierend. Das Leben – so scheint es – ist eine üble Sache. Ich habe es mir zur Angewohnheit gemacht, darüber nachzudenken. Ich muss schmunzeln, richte meinen Hut, schiebe den Stuhl zurecht und nehme Platz. Es macht keinen Unterschied, ob ich sitze oder stehe.

Die Tür wird aufgehen und sie werden hereinkommen. Sie werden sich setzen und sie werden aufstehen und sie werden gehen. Das tun sie immer – und er? Er wird immer sitzen. Er wird immer warten. Den Block stets bereit. Ähnlich einem Regisseur, darauf hoffend, dass seine Schauspieler zurückkommen. Doch sie kommen nie zurück. Das Schauspiel bleibt geschlossen.

Ich setze mich also hin und beginne zu sinnieren. Ich mag diese Zeit vor dem Drama. Die Zeit der Ruhe. Die Gedanken fließen durch mich hindurch. Gilt doch seit Aristoteles die Betätigung des Geistes als des Menschen höchstes Glück.

Mir fällt meine Studienzeit ein. Aristoteles, hmm … ich krame in meinem Geist. Da ist es ja wieder. Altgelerntes. Wenn Aristoteles das erleben könnte, er wäre wohl verzückt. Menschen, die nicht ins Theater gehen, um anderen zuzusehen, sondern Menschen, die sich gleichsam als Akteure, Regisseure und Statisten einbringen und in einem lebendigen Stück aufgehen. Abtritte mit Bomben – oder aber in aller Stille. Und diejenigen, die das Schauspiel bestimmen und von der Outlinie aus durch ihre Reaktion das Spiel befeuern.

Wie schön. Nemesis, die Freude der Nachahmung. Die erlebte Wirklichkeit noch einmal nachstellen können, aber nicht, um sie im erlebten Zustand noch einmal zu erleben, sondern um die Varianten der alternativen Varianten herauszufinden. Kluger Kopf, der Kollege aus Griechenland. Um sich zu schockieren, eine Reflexion in den Affekten hervorzurufen, die gleichsam zu einer Läuterung führt.

Ich muss wieder schmunzeln. Läuterung. Ja, ja. Wahrheit ist der akzeptabelste Irrtum, Herr Kollege – aber wenn das Ihre Wahrheit ist … Leider auch die meines Freundes, der sich stets Mal für Mal um eine Läuterung seiner Darsteller bemüht, die Reflexion sucht und nicht erkennt, dass er sich selbst dabei in die Irre führt. Wie der Hamster im Rad. Ein Schritt noch, aber dann. Eine Kuppel noch, aber dann.

Ach, Freund Unfried, welch passender Name. Hättest du bloß nie bei Freud studiert, aber auch Jung wäre dir nie bekommen. Diese Suche nach der Wahrheit, dem Wort, das hilft. Hilft? Wobei? Dieses Verhängen in der Antriebsursache, dieser Versuch, aus einer Induktion eine Deduktion zu erreichen. Die Angst vor dem Unvermeidbaren. Widersprüche. Und der hoffnungslose Versuch, aus Erfahrungen allgemeingültige Leitsätze zu erstellen.

Ich lächle vor mich hin. Will weiter eindringen in die Ideenleere von Platon, von Aristoteles, die ich stets als angenehmes geistiges Warm-up empfunden habe, als plötzlich und viel zu früh sich die Tür wie von selbst öffnet und eine für mein Empfinden sehr dicke Frau mit leicht ungepflegtem Erscheinungsbild hereintritt. Ihre Handtasche steht ihrer Trägerin in ihrem Volumen in nichts nach. So steht sie mitten im Raum.

Ob dies die Gruppe *Blümchen Unfried* sei, fragt sie mich. Nein, das ist die Gruppe *Täusche dich täglich selbst, Vaihinger,* aber ich lasse es und nicke bloß. Sie wirkt sehr zufrieden. Drückt ihre Handtasche eng an sich und unter leichtem Stöhnen – ich weiß nicht, ob es von ihr ausgeht oder von den Sesselbeinen – nimmt sie Platz. Das Schauspiel ist aber noch nicht eröffnet.

Wo immer sich zwei oder mehr in meinem Namen versammeln, werde ich unter ihnen sein. Ich trachte stets nur seitab zu sein. Die Akteure sind nicht meine Aufgabe. Und so füllt sich der Raum. Nach und nach treten sie ein. Grüßen, nicken und gehen herum. Versuchen, sich zu verstecken, und atmen schließlich erleichtert auf, als Unfried hinzukommt. Ein Stuhl bleibt leer. Unfried stellt treffend fest, dass wir – vor der Vorstellungsrunde – noch auf den letzten Teilnehmer zu warten haben.

Ach, ich mag diese Wahrheit, diese Erhabenheit in seinem Gesicht. Ganz Herr der Runde und die Tür öffnet sich. Herein kommt eine junge scheue Frau, die sich sofort entschuldigt und zum letzten verbliebenen Sessel huscht.

Ich höre den metaphysischen Gong schlagen. Das Schauspiel geht los.

So lasset das Drama beginnen, und Unfried erfüllt mir diesen Wunsch.

Sitzkreis I

»Ich finde es furchtbar traurig.«

Fast behäbig ließ Unfried seinen Blick über die Runde schweifen, bevor er sich wieder Hanna zuwandte. »Was genau ist es denn, was Sie so traurig stimmt?«

»Eigentlich alles, obwohl es doch so einfach wäre. Eigentlich ist es gar nicht schwer. Wie soll ich das erklären …« Hanna sah Unfried bohrend an, als wartete sie auf seine Zustimmung. »Im Grunde suchen wir doch alle bloß nach Liebe. Wir wollen ja nur geliebt werden. Ist doch so. Mehr ist es eigentlich nicht …«

Ihr Blick klammerte angstvoll an Unfried. Kein Nicken, kein verachtender Blick, keine kleinste Reaktion von Unfried.

»Eigentlich? Ach bitte, hör doch mit diesem sentimentalen Quatsch auf. Lieben – wenn überhaupt – kannst du nur dich selbst oder das, was du tust. Oder auch das, was du nicht tust, und das, was du nicht bist. Allenfalls lass es bleiben. Und jedes *Eigentlich* erledigt sich somit von selbst.«

»Warum sagst du das, Kjell? Du kennst mich nicht. Wenn ich als Kind mehr geliebt worden wäre …«

Hanna brach mitten im Satz ab. Irgendetwas irritierte sie an Unfried. Zu hastig blätterte er in seinem Notizblock. Zu laut das Rascheln von Papier. Zu starr seine Miene. Fast panisch seine Suche, doch er wurde wohl fündig. Im richtigen Moment.

»Sie fühlten sich von Ihrer Familie nicht angenommen. Fühlten sich fremd und ungeliebt. Was würden Sie der kleinen Hanna raten? Aus heutiger Sicht.«

»Aber ich weiß doch gar nichts. Ich …«

Kjell machte eine verächtliche Handbewegung und fiel Hanna wirsch ins Wort: »Du hast doch soeben gesagt: *Wenn ich als Kind mehr geliebt worden wäre. Blabla.* Oder etwa nicht?«

»Kjell! Kjell, wir wollen einander aussprechen lassen. In diesem Raum begegnen wir einander mit Respekt.«

Kjell grummelte etwas Unverständliches in Unfrieds Richtung. Dieser überhörte es. Wieder. Wissentlich, dass jedwede weitere Diskussion darüber nur mit Haarspalterei an allen Fronten enden würde. Besonders heute hing Unruhe über dem Raum. Wie ein Pendel schien diese Unrast über den Köpfen der Anwesenden zu schwingen. Beiläufig notierte er weitere Ergänzungen in seinen Block; atmete schließlich laut und tief ein und noch lauter aus. Mit einem weiteren tiefen Atemzug schlug Unfried sein linkes Bein über das rechte, klappte den Block beinahe pathetisch zu und platzierte diesen schließlich auf seinem linken Knie. »Wir wollen jetzt alle tief Luft holen. Einatmen. Und langsam wieder ausatmen. Machen Sie es mir nach. Einatmen …«

Das, was folgte, glich mehr einem Raunen als einem kollektiven Ein- und Ausatmen. Doch das war nicht von Bedeutung. Nicht hier. Wesentlich war das Andocken an alte Verhaltensmuster. Diese Erinnerungen halfen seinen Patienten dabei, mit dem Erlebten besser klarzukommen. Unterstützten diese dabei, abzuschließen.

»Hanna, bitte. Fahren Sie doch fort. Wir alle«, wenngleich ein kurzer Blick zu Kjell dessen Desinteresse verriet, »wollen die Traurigkeit mit Ihnen teilen.«

Hanna biss noch immer nervös auf ihrer Unterlippe herum. Sie presste die Handflächen gegen ihre Oberschenkel, doch ihre Beine wollten nicht aufhören zu zappeln. Mit gesenktem Kopf fuhr Hanna fort: »Ich verstehe einfach nicht, warum sie mich nicht lieben konnte. Ist Blut denn nicht dicker als Wasser? War ich ihr wirklich so egal? Hätte sie mich damals doch sterben lassen.«

»Sie sprechen von Ihrer Mutter?«

»Ja, sie warf mir immer wieder vor, egoistisch zu sein, nur an mich zu denken und schuld zu sein an ihrem Elend. Ich würde mich nicht um andere – nicht um sie – kümmern. Warum …«, Hanna japste nach Luft, »warum ich ihr Leben ruiniert hätte und warum ich nicht schon bei der Geburt hätte sterben können.«

Scheinbar unbeeindruckt von Hannas Worten tätigte Unfried weitere Notizen in seinen nunmehr wieder aufgeklappten Block. Unfried schwieg. Alle schwiegen. Alle warteten. Sie warteten auf eine Antwort Unfrieds.

Valerie unterbrach die bedrückende Stille. Sie saß rechts neben Hanna und obwohl sie mit ihren Gedanken am weitesten entfernt schien, war doch sie es, die ihren Arm um die linke Sitznachbarin legte.

»Süße, ich bin sicher, sie hat es nicht so gemeint.«

»Wenn die Emotionen hochgehen, sagen wir Dinge, die wir im Nachhinein bereuen. Wir tun Dinge, die wir nicht tun sollten. Wir wollen es gar nicht tun, aber es passiert. Wir lügen jeden an. Wir lügen uns selbst an. Was bleibt uns sonst? Wer will der Wahrheit schon ins Gesicht sehen? Ich meine, ich möchte nicht einmal mir selbst ins Gesicht sehen. Ist doch so, oder? Wer braucht schon die Wahrheit. Macht uns nur mürbe und mürbe sollten doch nur Weihnachtskekse sein.«

Hanna und Valerie hoben irritiert die Köpfe. Ihr beider Blick wanderte in die Richtung, aus der die Stimme gekommen war. Sie gehörte zu dieser alten Frau, die bis dato noch kein Wort gesprochen hatte. Stets war sie damit beschäftigt, in ihrer großen Einkaufstasche nach Essbarem zu kramen. Ein schier unerschöpflicher Vorrat schien darin verborgen zu sein.

Die Blicke aller hier Sitzenden waren nunmehr auf sie gerichtet. Sie saß immer knapp einen halben Meter abseits vom sonst fast perfekt symmetrischen Sitzkreis.

Unfried nickte in sich hinein. »Wir sind ein ganz gutes Stück vorangekommen. Ich bin stolz auf Sie alle.«

Unfried war sichtlich mit sich zufrieden, doch weit davon entfernt, diesen Umstand zu genießen. Dazu war auch keine Zeit.

Kjell brannte währenddessen eine Frage auf der Zunge: »Nichts für ungut, alte Frau. Gut gebrüllt, möchte man meinen. Fast philosophisch anmutend, aber ...«, er wiederholte sich theatralisch ausladend mit einem Blick zu Hanna, »aber ... was ist jetzt mit diesem Liebesgedöns, Hanna? Dieses Dings mit mangelnder Liebe. Keiner Liebe. Keinem Familienzusammenhalt. Es interessiert mich, Hanna. Die Alte kann mich mal.«

Kjell wandte sich an die alte Frau und zwinkerte ihr zu. »Vielleicht würdest du ja. Aber ich müsste verneinen. Ich steh nicht auf Cremetorten. Eventuell auf Cremeschnittchen. Du verstehst, Verehrteste?«

Kjell schien tatsächlich auf ihre Antwort zu warten, doch die kam nicht. Bevor Kjell ansetzen konnte, in seinen Ausführungen fortzufahren, war es Unfried, der das Wort an sich riss: »Ich bin mir sicher, Hanna wird eine gute Antwort parat haben. Doch, Kjell, ich frage nunmehr Sie, da Sie es doch sind, der den Familienzusammenhalt erneut thematisiert. Ist es die Familie, von der Sie sich nicht loslösen können? Mehr noch. Ist es die Familie, die Sie hier bei uns hält? Wir sollten darüber sprechen, meinen Sie nicht?«

Kjell rollte mit den Augen und setzte zu einer Antwort an. »Ich …«

Unfried schnitt ihm zum wiederholten Male das Wort ab. »Sie haben das Füreinander-Da-Sein schon als Kind vermisst. Liege ich richtig mit meiner Annahme?«

Kjell war sichtlich genervt. Von Unfried. Von Hanna, von ihrem Zappeln. Demonstrativ rutschte er mit seinem Stuhl nach hinten. Nein, er war nicht genervt. Es machte ihn vielmehr rasend. Rasend vor Wut und Ärger. Was dachte der Idiot, wen er vor sich hatte? Eines dieser verlorenen Schäfchen, die nach einem Hirten Ausschau hielten? Nein, er wusste genau, wohin sein Weg führte. Nur welcher gottverdammte Weg hatte ihn hierhergeführt? Er wusste es nicht. Noch nicht. Unfried hatte seinen Stolz verletzt. Seine Eigenständigkeit. Wie konnte er das tun? Das durfte er nicht. Insbesondere nicht vor diesem Haufen Schwachköpfe. Vor allem nicht. Überhaupt nicht. Gar nicht.

»Ich rede nicht von Liebe. Ist das soweit klar? Ich rede von Zusammenhalt. Nur davon. Familie oder nicht. Von Respekt. *Vor*einander. Respekt.« Kjell nickte, um seinen Worten die erforderliche Zustimmung zu erteilen. »Genau – Respekt. Respekt heißt das Zauberwort. Ein Fremdwort für jeden von euch. Für jeden, der dazu verdonnert wurde, an dieser Hirnwäsche hier teilzunehmen. Hätte. Täte. Fahrradkette. Interessiert doch kein Schwein, was ihr da alle für einen Scheiß ablasst. Nebenbei«, Kjell stierte zu Unfried, »ist mir das alles hier zu eng. Der Raum ist zu eng. Zu klein. Zu stickig. Ich brauche Platz. Ich brauche Luft. Ihr schneidet mir hier die Luft ab. Ihr alle.«

Unfried musterte kurz den Raum, um dann eine weitläufige Geste mit der rechten Hand zu vollführen.

»Es gibt genug Platz für uns alle. Jeder von uns findet hier seinen Raum.«

»Nein! Oh nein!« Kjells Stimme klang hoch und laut. »Schieben Sie sich diesen Esoquatsch sonst wohin, geehrter Herr Unfried. Hier gibt es keinen Platz für mich. Wir sind hier zusammengepfercht wie Schweine in einem Viehstall. Ich brauche frische Luft. Ich brauche Bewegung. Der Mist hier bringt mich um.«

Unfried schaute ihn mit leicht geneigtem Kopf fragend an. »Ist es so?«

Er kniff dabei seine Augen zusammen und für einen kurzen Augenblick schien es so, als wären dort nur zwei kurze Einschnitte. Klitzekleine Schnitte; genau dort, wo Augen hätten sein müssen. Unfried fixierte Kjells Blick. Keine Chance für Kjell, dieser Fixierung zu entkommen. Verdammt, wie stellte er sich bloß an? Was hielt ihn hier? Wer war dieser Kauz, der sich einbildete, ihm sein Leben vorbeten zu dürfen, und ihm ungeniert Löcher in den Bauch starrte.

»Wir wissen nicht, was Schweine interessiert und was nicht. Ob diese Tiere unser Leben generell interessant finden würden. Wie viele von Ihnen interessiert es denn schon, ob es die Schweine interessiert. Kjell, um Ihre Worte nochmals zu wiederholen und für mich, ob ich Sie richtig verstanden habe: Sie vermissen den Respekt.«

Kjell durfte seinem Drang nicht nachgeben, dieser Situation entkommen zu wollen. Zu fliehen. Vor Unfried zu fliehen. Nein, er war durch und durch ein Alphatier. Kein Schwächling. Was hatte er hier überhaupt zu suchen, hier mitten unter diesen Schwachmaten.

»Tu ich. Aus vollster Überzeugung. Menschen ohne Respekt vor sich selbst kann ich nicht ernst nehmen. Werden dick und fett, als ob sie nicht schon hässlich genug wären. Die alte Schachtel dort ist das beste Beispiel. Hier sollte man sich der Thematik Vollverschleierung nochmals annehmen.«

Unfried schüttelte vehement seinen Kopf. »Das tut jetzt nichts zur Sache. Wir wollen hier weder politische noch religiöse Diskussionen entfachen, Kjell.«

»Ach so?« In Kjell stieg Übelkeit auf. »Anscheinend wollen wir hier gar nichts, außer dass wir einander alle lieb haben. Hätten Sie das gern? Dass wir einander die Patschhändchen reichen und uns gegenseitig beweihräuchern, wie toll wir alle sind und alle anderen da draußen uns nur Böses wollen? Vielleicht steuert die fette Lady ein paar Kuchen bei und wir werden alle so dick und fett wie sie. Fressen wir die Probleme einfach weg. Ich für meinen Teil aber habe keinen Bock auf Gruppenkuscheln. Mit mir sicher nicht. So ein Kackhaufen hier.«

Stillschweigen.

Kein Raunen.

Kein Schaukeln.

Kein Wippen.

Kein Atmen.

Die Stille im Raum war plötzlich zu einem greifbaren Etwas geworden. Man hätte diese schneiden, einpacken und in Kisten zu einem Turm stapeln können.

Kjell wirkte, als ließe ihn dieser Wandel völlig kalt. Er nahm die plötzliche Veränderung im Raum nicht wahr. »Ihr alle hier quasselt von Liebe. Wollt geliebt werden. Freunde, Familie und das ganze Gesocks. Unsere Körper bestehen um ein Vielfaches mehr aus Wasser als aus Blut. Ob Blut nun dicker oder dünner ist, wen interessiert das? Ich wiederhole mich nochmals. Wen interessiert dieser Scheiß? Kein Schwein. Sorry, alte Frau, aber dein Blut scheint ohnehin zu dick zu sein, um das Hirn mit Sauerstoff zu versorgen ...«

»Kjell, Sie reden sich in Rage. Wollen wir nicht ...?«

»Nein, Sie Freudverschnitt. Nein, verdammt, wir wollen nicht, und nein, verdammt, wir haben nicht alle genügend Platz hier.«

Es glich einem verzweifelten Hilferuf, den Kjell herausbrüllte. Alle warteten auf eine Reaktion Unfrieds. Sein Kritzeln in den Notizblock hatte etwas Provokatives für Hanna. Er würde doch diesen persönlichen Angriff auf sie alle, explizit auf die alte Lady, nicht unkommentiert im Raum stehen lassen. Würde er?

Nein, würde er nicht.

»Vielleicht interessiert es kein Schwein. Mag sein, dass Sie recht haben. Bis dato waren nicht so viele Schweine hier in dieser Runde. Es liegt mir also fern, mich darüber zu äußern. Im Übrigen esse ich kein Fleisch. Aber egal«, Unfried machte eine abfällige Handbewegung, »vielleicht interessiert es ja jemanden von uns. Mich zum Beispiel. Mich interessiert es. Sehr sogar. Sie fordern Respekt ein und selbst kümmern Sie sich – um es mit Ihren Worten auszudrücken – einen Scheiß darum, ob Sie jemanden mit solchen Aussagen verletzen.«

»Ja, es kümmert mich einen Dreck. Einen Scheißdreck, um genau zu sein. Ich habe wenigstens so viel Eier, es zuzugeben. Es kümmert mich einen Dreck. Ihr kümmert mich einen Dreck. Alle. Wie es euch geht, kümmert mich einen Dreck. Ihr seid alle …«

Valerie unterbrach seinen Satz: »Möchtest du es denn nicht auch wissen? Interessiert es dich denn gar nicht? Nicht einmal ein wenig? Ein kleines bisschen?«

War es zuvor still gewesen, war es jetzt das Nichts, das sich im Raum ausbreitete und sich wie ein Schleier auf die Runde legte. Doch allein der Kloß, den Valerie hinunterwürgte, genügte dem Nichts und es lockerte seinen Griff. Missgestimmt, mochte man meinen, doch es war seiner Sache nicht im Geringsten überdrüssig. Etwas hungrig. Vielleicht. Kjell sah sich einer Gruppe perplex blickender Gesichter gegenüber, spürte ihre ihm so verhassten Blicke.

»Verdammt noch mal. Ist es hier gang und gäbe, mir permanent ins Wort zu fallen? Was soll der Scheiß? Doktor Freud tut es die ganze Zeit. Jetzt du.«

»Sorry.«

»Ist okay, Val.« Kjells Ausdrucksweise änderte sich abrupt. »Du bist jung, du weißt es nicht besser. Noch nicht. Trotzdem machst du dir ständig Sorgen und Gedanken um andere. Immer dein Wunsch, alle retten und erretten zu wollen. Das ist nicht deine Aufgabe. So lieb du auch bist, du kannst nicht alle Seelen retten. Und ihr«, Kjell deutete nacheinander mit seinem Finger auf jeden der übrigen Anwesenden, »lasst mich mit eurem Mist bloß in Ruhe. Ich habe von eurem ganzen Selbstfindungsscheiß die Schnauze so was von voll. Ständig um euch selbst besorgt. Ständig auf der Suche nach dem Sinn eures erbärmlichen Lebens. Schon mal überlegt, ob das Leben selbst nicht schon die Schnauze voll hat? Von euch? Dass es euch ausgespuckt hat, weil es sinnlos ist? Ihr und euer verkacktes Leben.«

»Entschuldige, das wollte ich nicht. Tut mir leid«, murmelte Valerie.

»Nein, Val, es muss dir nicht leidtun. Absolut nichts muss dir leidtun. Hör nur damit auf, dich ständig zu entschuldigen, und um Gottes Willen, hör damit auf, alles und jeden verstehen zu wollen. Oft ist ein Arsch einfach nur ein Arsch. Und oft ist hässlich und fett einfach nur hässlich und fett.«

»Doch«, knickte Valerie ein, »es tut mir ehrlich leid.«

»Nein, Val, nein. Es gibt nichts, was dir leidtun müsste. Woran solltest du denn schuld sein? Etwa an den verklebten Arterien unserer Grande Dame? Oder an ihrem fetten Arsch? Und für das Palaver von unserem Herrn Freud kann niemand etwas.«

Valerie ließ nicht locker: »Kjell, du weißt, was ich meine. Jeder von uns hat diesen bestimmten wunden Punkt – Worte die uns treffen. Genau dort, wo es weh-tut …«

»Mein wunder Punkt?« Kjell lachte laut auf. »Mir tut nichts weh. Dieses ganze Getue hier, *das* ist ein wunder Punkt. Eine einzige Wunde. Eine tief klaffende und blutende Wunde. Ein blutiger Fluss, der jeden mit sich reißt, der darin fischt. Was und wem nutzt es, in Wunden zu bohren? Was? Wenn wir doch alle untergehen. Jämmerlich ersaufen werden wir. Denn das Einzige, was an unserer Angel hängen wird, ist ein Ungeheuer, das uns in die Tiefe reißt.«

»Ich denke, Menschen finden Frieden darin«, gab Valerie zögerlich zur Antwort.

Sie war mutig, stellte Unfried fest. Er war gespannt. Gespannt darauf, wie der Dialog zwischen Kjell und Valerie sich wohl entwickeln würde.

»Frieden finden worin, Val? Im Ersaufen?«

»Nein, zu ertrinken ist grausam. Als Kind wäre ich nämlich fast ertrunken …«

»Halt, halt, Val. Bitte nicht auch noch deine Geschichten aus der Kindheit. Okay? Deal?«

Valerie nickte. »Sorry.«

»Bitte, Val, hör auf damit. Deine Entschuldigungen grenzen an eine Seuche.«

Val blickte beschämt auf den Boden.

Kjell fuhr fort: »Ist es wirklich das, was ihr wollt? Auf der Suche nach trügerischem Frieden jämmerlich zu ertrinken?«

»Kjell«, ergriff Unfried das Wort, »wir könnten ein Schiff bauen. Eine Art Arche Noah. Wir alle zusammen. Zumindest ein Floß, das uns sicher ans rettende Ufer bringt.«

»Ach, und Sie sind der Kapitän?«

Unfried nickte. Eine Bestätigung auf Kjells Frage.

»Und die Befähigung dazu? Woher wissen wir, dass Sie ein guter Kapitän sind? Was gibt uns – was gibt *mir* – die Gewissheit, dass Sie mich nicht absaufen lassen?«

»Ich kann Ihnen – Ihnen *allen* – in keinster Weise versprechen, dass das Schiff nicht untergehen wird. Doch ich verspreche, dass ich dafür kämpfen werde, dass wir es alle ans rettende Ufer schaffen. Dass ich als Letzter vom Schiff gehen werde, falls wir sinken.«

Worte, die Unfried nur schwer über die Lippen brachte. Tief in sich spürte er, wie nah Kjell der Wahrheit gekommen war.

»Auch, wenn Sie mit dem Schiff untergehen?«, stotterte Valerie.

»Natürlich, Valerie.« Unfrieds Blick haftete an Valerie. »Auch dann.«

»Und das wird er, denke an meine Worte, Val.« Kjell hob seine linke Augenbraue. »Denke daran. Das wird er. Und wir alle mit ihm.«

»Aber …«

»Aber …«, äffte Kjell Valerie nach, »aber … aber was? Was stotterst du so rum, Val, was ist *aber?* Sag es einfach. Von dir erwarte ich alles, nur keinen geistigen Dünnschiss. Spuck es aus, Val.«

»Ich habe nachgedacht. Menschen wollen doch wissen, wohin sie gehören. Es gibt ihnen Sinn im Leben. Sicherheit. Es ist ein gutes Gefühl, zu wissen, wo man hingehört. Findest du nicht? Jeder Mensch braucht doch so einen Ort. Einen Ort, wo er hingehört. Und vielleicht bringt uns dieses Schiff dorthin. Wenigstens etwas näher ans Ziel. Ich wüsste gern, wo ich hingehöre. Wo mein Platz ist.«

»Val, nur Hunde haben ihren Platz. Bist du ein Hund, Val?«, forderte Kjell eine Antwort.

Valerie suchte nach ihr.

»Und, Val, kein Sorry diesmal.«

Val schüttelte den Kopf.

»Junges Fräulein, wenn dein Mann ein billiges Flittchen im gemeinsamen Ehebett fickt … Spätestens dann weißt du, dein Platz ist nicht mehr als ein Trugbild.«

Das Licht im Raum flackerte, so als ob es dieser Aussage mehr Betonung beimessen wollte. Nach einem kurzen betretenen Schweigen aller Teilnehmer sprang Kjell energisch hoch.

»Bravo, du alte Schachtel, Applaus. Chapeau.«

Er klatschte.

»Was ist eigentlich genau dein Problem, Mann? Kannst du uns das bitte erklären?«

Hanna bedauerte die Worte, noch ehe sie diese

ausgesprochen hatte, doch niemand schien davon Notiz zu nehmen – noch von ihr selbst.

»Ihr alle versteht nicht, meine werten Zuhörer und -innen. Ich ziehe den Hut vor der alten Lady. Ich – einzig und allein ich. Es gehört Mut dazu, sich einzugestehen, nichts wert zu sein. Dem eigenen Mann nicht mehr zu genügen. Wertlos zu sein. Ihn nicht befriedigen zu können. Sexuell. Ihr wisst doch noch? Na kommt schon.«

Erneutes Schweigen war alles, was Kjell erntete. »Hey Leute, kommt schon.« Kjell machte eine eindeutige sexuelle Geste.

»Danke Kjell, für Ihre Gedankenstütze. Ich denke, wir alle haben schon Intimitäten ausgetauscht, die über das Küssen hinausgehen.«

»Intimitäten ausgetauscht? Ernst jetzt? Reden Sie auch zu Hause so geschwollen? Nichts für ungut, aber Sie müssen doch zugeben, dass das doch eine sehr armselige und frigide Truppe ist, Herr Unfried, aber«, Kjell drehte sich einmal um die eigene Achse, »ich möchte nochmals betonen, diese alte Schabracke hier hat Eier. Hey, kapiert ihr denn überhaupt nichts? Ihr Alter vögelt eine Nutte im Schlafzimmer. Währenddessen sitzt sie im Wohnzimmer am Sofa und zerpflückt ihren Kuchen. Sie sitzt da mit ihrem fetten Arsch vor dem fetten Fressen auf diesem durchgesessenen, durchgefickten, über und über mit Flecken besudelten Sofa. Immer und immer schneller sticht sie mit der Gabel in den Kuchen ein. Fester. Energischer. Brutaler. Sie stellt sich vor, es wäre ihr Alter, dem sie die Gabel ins Fleisch sticht. Wie sie ihm seine Augen aussticht. Diese Augen, die sie immer so verächtlich angesehen hatten. Fast mitleidsvoll. Nie wieder würde er sie so ansehen. Nie wieder müsste sie den Spott in seinen Augen ertragen. Nie wieder würde dieser Hund sie so ansehen. Nie wieder würde *er* ihn so ansehen …«

Kjell stoppte mitten im Satz. Hatte er das wirklich gesagt? *Er?* Sein Vater. Er war hier, oder nicht? Er konnte seine Gegenwart spüren, seinen widerwärtigen Gestank riechen. Ganz dicht hinter seinem Rücken. Er spürte den von Alkohol versifften Atem. Ganz nah. Den üblen Mief seiner ungewaschenen Kleidung. Dieses Monster stank nach billigem Fusel, Schweiß und Urin. Instinktiv zuckte Kjell zusammen. Das vertraute Schnalzen des schwarzen Gürtels. Er vernahm den Luftzug, als das schwarze Leder die Luft durchschnitt. Nur mit dem einen Ziel … *Es tut so weh. Nein, nicht …*

»Kjell?«

Nicht hier. Er würde sich keine Blöße geben. Er würde diesmal zurückschlagen.

»Kjell! Sind Sie noch bei uns?«, wiederholte Unfried bestimmt.

»Dieser Hund, immer und immer wieder sticht sie auf ihn ein. Hätte sie es doch getan, wäre wohl mehr vom Kuchen geblieben als nur Brösel am Sofa. Mutig. Mutig, sage ich nur.«

Kjell war hellwach. Fokussiert. Er starrte auf diesen gammeligen kärglichen Mann, der nun leibhaftig vor ihm zu stehen schien. Seltsam, er hatte ihn größer in Erinnerung. Kjell konnte sich gut an das Riesenmonster von damals erinnern, das ihn als kleinen Jungen grün und blau verdroschen hatte.

»Kjell! Kjell!« Unfried versuchte seiner Stimme mehr Nachdruck zu verleihen. »Ist alles in Ordnung?«

Hanna starrte gebannt auf das Schauspiel, das sich ihr bot. Kjell hörte nicht auf zu reden. Unfried hörte nicht auf zu fragen. Kjell war gefangen. Eingeschlossen. Eingesperrt mit seinem größten Feind, der er selbst war. Gefangen in seiner Welt, und diese Welt wollte ihn nicht loslassen. Sie klammerte. Sie krallte sich an Kjell fest. Ohne Kjell gäbe es diese Welt nicht. Ohne Kjell würde sie nicht bestehen können. Diese Welt wollte aber existieren.

»… jahrelang eine treusorgende Gattin spielen. Wer von euch hätte das geschafft? Die fette Lady musste über ihren eigenen Schatten springen. Und es ist ein sehr großer Schatten.«

Kjell blies seine Wangen auf und malte mit seinen Fingern einen großen imaginären Kreis in der Luft. Dann setzte er sich.

Unfried machte keine Anstalten, diesem Trauerspiel Einhalt zu gebieten.

Kjell pöbelte weiter, während seine Gedanken in der Vergangenheit festsaßen: »… liegt doch klar auf der Hand. Die Alte hat sich angefressen. Vollgefressen. Kummer in sich hineingefressen. Oder eher doch tonnenweise Torten in sich hineingefressen. Ist immer dicker und hässlicher geworden. Hat sich gehen lassen. Irgendwann hat es ihrem alten Herrn gereicht. Mich wundert nur eines: Warum«, Kjell lachte laut und verächtlich, »hat es so lange gedauert, bis du es kapiert hast, alte Frau? Seine vielen Geschäftsreisen hatten doch alle das gleiche Ziel. Die hübschen Körper von hübschen Frauen. Und auch dann, als er sich nicht mal mehr die Mühe machte, seine unzähligen Affären zu verstecken, nicht mal dann hast du es kapiert, du dummes Weib.«

»Hier müssen wir unterscheiden«, riss Unfried endlich das Wort an sich.

»In der Tat.«

»In der Tat?« Kjell hoffte, sich verhört zu haben. »Wer hat dich nach deiner Meinung gefragt, alter Mann? Tu einfach das, was du schon die ganze Zeit tust. Nämlich nichts. Bleib einfach sitzen, halte deine Klappe und markier den Türwart.«

Der alte Mann mit Hut saß Kjell schräg gegenüber. Gleich neben der Tür. Links neben dem Mann mit Hut saß Unfried und was auch immer Unfried gerade tat, er tat es vertieft und er tat es kritzelnd in seinen Block. Unfried ließ Kjells Ausbruch erneut unkommentiert stehen. Es erweckte den Anschein, als ob er zwanghaft versuchen würde, jeden Augenkontakt mit dem alten Mann neben ihm zu vermeiden. Nach einem kurzen Moment des Zögerns richtete Unfried sein Wort an die ganze Runde: »Ich wiederhole nochmals, wir müssen unterscheiden.«

»In der Tat«, wiederholte auch der Mann mit Hut und fuhr fort: »Wir müssen unterscheiden zwischen den verschiedenen Wahrheiten. Viele unbekannte Menschen leben in vielen unbekannten Welten – umgeben von vielen bekannten Wahrheiten. Jeder lebt in seiner eigenen Welt, und ohne diese zu kennen, beschützt der Mensch diese mit dem eigenen Leben.«

»Wahrheit hin, Wahrheit her. Wahrheit ist das, was wahr ist. In welcher Welt auch immer. Scheißegal, welche Welt. Punktum. Wahrheit ist immer Wahrheit.« Kjell schrie seine Worte förmlich aus sich heraus.

»Wahrheit ist nicht zwingend real. Jede Wahrheit ist *eine* empfundene Wirklichkeit einer scheinbar erlebten Realität«, stellte der Mann mit Hut in den Raum – regungslos.

Seine Hände hielt er dabei gefaltet auf seinem Schoß.

»Hör zu, Opa. Ich mag dich irgendwie. Warum willst du das, was wir haben, unbedingt zerstören? Mich interessiert nicht, was ein alter, seniler Mann zu sagen hat. Was kannst du mir schon erzählen? Du bist ja schon mindestens zehn Leben lang tot. Zumindest aber mit einem Bein im Grab. Sieh dich an. Ich sehe nur noch ein Geripppe. Deine knorrigen Hände. Was soll dieser ganze philosophische Scheiß? Wahrheit ist nicht zwingend real? Himmel noch eins. Alles Schwachsinn.«

»Versuchen Sie doch hinzuhören, Kjell.« Unfrieds Stimme klang beschwichtigend. Er flüsterte.

»Sie flüstern, Herr Unfried? Sprechen Sie doch deutlich und klar. Das fordern Sie doch auch von uns. Und der Klarheit wegen: Was, um Himmels Willen, schmieren Sie permanent in diesen verdammten Block?«

Kjell fuchtelte mit seinem rechten Zeigefinger in Richtung Unfrieds Knie. Unfried hob seinen Block in die Höhe.

»Sie meinen, was ich …?«

»Ja, verdammt, was schmieren Sie ständig darin herum? Was soll das eigentlich? Hören Sie überhaupt zu? Ist das hier *Versteckte Kamera*?«

Kjells Frage erzeugte Unruhe unter den Anwesenden. Köpfe hoben sich, Augen tasteten Ecken nach versteckten Kameras und verräterischem Spionageequipment ab.

»Na bitte, geht doch. Endlich ungeteilte Aufmerksamkeit.«

Ein Moment der Zufriedenheit legte sich über Kjell.

Unfried knabberte an seinem Brillenbügel; er hatte sichtlich Mühe damit, die richtigen Worte zu finden. Um ihn herum nur fragende und nach Antworten suchende Gesichter. Er war diesen Gesichtern diese Antworten schuldig. Zumindest eine.

Unfried fasste sich schließlich: »Das hatten wir doch schon mehrmals besprochen. Ich bin hier, um Ihnen zu helfen. Sie ein Stück auf Ihrem Weg zu begleiten. Sie dabei zu unterstützen, Vergangenes zu verarbeiten, damit es seinen Platz findet. Erinnerungen ihren Schmerz zu nehmen. Offen aufeinander zuzugehen. Offener einander zuzuhören. Zorn und Wut positiv einzusetzen. Ich will Ihnen allen helfen. Ich will Sie positiv motivieren.«

In Kjells Hirn drängten sich Erinnerungen um die besten Plätze. Sie alle preschten nach vorne. Sie wollten alle gedacht werden. Sie wollten erinnert werden.

Plötzlich platzte es aus ihm heraus: »Aufeinander zugehen? Wir kleben doch ohnehin alle aufeinander. Wie nahe soll es denn noch werden? Ich kann hier nicht für alle reden, doch ich für meinen Teil bin nicht verrückt, klar? Helfen? Mir helfen? So wie mein Vater mir immer nur helfen wollte? Mich mit Schlägen zu einem besseren Kind – zu einem besseren Menschen – machen wollte? Zu einem ganzen Mann? Motivieren nannte er es. Ist es das? Hat er meine Mutter nur deshalb fast totgeprügelt, damit ihr das armselige Leben erspart blieb? War es seine spezielle Art, meine Mutter zum Glücklichsein zu motivieren? Hatte er sie dazu motiviert, sich die Pulsadern aufzuschneiden? Was war es? Was? Hören Sie zu, Dr. Freud, ich mache nicht mehr mit bei Ihren scheiß Psychospielchen. Ich komme sehr gut klar ohne diesen armseligen Haufen voller Psychokrüppel. Niemand wird mir mehr gebieten, was ich zu tun habe und was nicht.«

Kjell wollte beherrscht klingen, doch seine zittrige Stimme machte diesem Vorhaben einen dicken, fetten Strich durch die Rechnung.

»Kjell, Sie sprechen Ihren Vater an …«, bohrte Unfried weiter.

Der Boden unter Kjells Füßen wackelte. Was, in drei Teufels Namen, fällt dem Idioten da ein? Der Druck in Kjells Innerem stieg. Panik schlängelte sich um seine Brust. Drückte zu. Immer fester. Lockerte ihren Knoten, nur um ihn besser packen zu können. Nacktes Entsetzen war ihm ins Gesicht gemeißelt. Kjell wollte sich wehren, doch der Griff war zu fest. Alleine die Erwähnung seines Vaters machte ihn zu dem, wovor er vergeblich zu flüchten versuchte: Er war wieder ein Kind. Das wehrlose Kind, das noch immer in ihm steckte. Dieses Kind, das längst keine Antworten mehr suchte. Das Kind, das nur noch eines wollte: schlafen. Es war müde. Er – Kjell – war müde. Er war doch nur ein Kind. *Ich bin doch nur ein kleiner Junge.*

In Kjells Ohren rauschte es. Warum? Warum fühlte er noch so? Er hatte seinen Vater doch verdrängt. Aus seinem Leben. Seinen Gedanken. Seiner Seele. Seinen Gefühlen. Keine Gefühle. Keine Gefühle mehr. Er taumelte.

Nein, diese Witzfigur war nicht sein Vater. Er musste rein gar nichts und niemand konnte ihn zu irgendetwas zwingen. Für Kjell gab es keine Grenze, die ihn an seinem Vorhaben hätte hindern können. Über Grenzen sollte man sich hinwegsetzen können. Es galt, diese Grenzen zu überwinden und sich dem zu stellen, was dahinter auf einen wartete. Und zumeist war es keine offenherzige Umarmung, die einen empfing. Zornig sprang Kjell vom Stuhl. Durch die Kraft des Schwungs kippte der Sessel nach hinten und krachte unter lautem Getöse mit der Lehne voraus auf den Boden. Kjell gab sich Mühe, nicht gleich in einen Laufschritt zu verfallen. Oh nein, er würde nicht wegrennen; ihnen keinen Grund zum Lachen geben. Sie waren alle Witzfiguren. Nur Witzfiguren. Wie sein Vater. Oh nein, es war nicht seine Angst, die er verspürte. Nein, ganz sicher. Sie waren die Feiglinge, nicht er. Wie sein Vater. Er widerte ihn an. *Sie* widerten ihn an. Ihr Gequatsche widerte ihn an. Kjell riss die Tür auf und verschwand im Dunkel des Ganges. Fluchtartig. Wütend. Verzweifelt. Enttäuscht.

Die Übrigen der Gruppe blieben verdutzt sitzen. Ein wenig hilflos vielleicht. Sie streckten ihre Hälse, um Genaueres zu erspähen. Es glich mehr einer kollektiven Ahnung, aber doch: Irgendwo gab es scheinbar eine Lichtquelle hinter der Tür. Doch das Licht war zu schwach. Es war zu diffus, um auch nur schemenhaft etwas zu erkennen. Nicht in dieser kurzen Zeitspanne, die ihnen blieb, bevor die Tür mit einem großen Knall wieder in ihr Schloss fiel. Zum zweiten Mal.

Unfried erhob sich nunmehr hoffnungsvoll von seinem Sitz. Derart, als hätte er nur auf diesen Moment gewartet. Erleichtert über diesen einen Moment, in dem Kjell endlich die Runde verlassen hatte.

»Die Thematik *Vater-Sohn-Beziehung* scheint wohl komplexer zu sein als angenommen«, wisperte Unfried.

Hannas Blick traf ihn. Fragend. Beinahe entmutigt. Unfried jedoch wirkte gelassen, während er sprach. Er drehte sich zu Hanna.

»Kein Grund, um die Köpfe hängen zu lassen. Alle, die von uns gehen, werden auch wieder aufgefangen, sobald sie diesen Raum verlassen haben. Niemand hier wird sich selbst überlassen, wenn er von uns geht.«

Hanna wurde hellhörig. Für sie klang es mehr nach einer Drohung als nach sonst irgendetwas. Unfrieds Vortrag beruhigte sie nicht im Mindesten. Sie blickte nach rechts. Valerie saß beinahe unbekümmert auf ihrem Sitz, starrte ein paar ominöse Löcher in die Luft und blinzelte dabei. Die alte Frau kramte emsig in ihrer Tasche. Auf ihrem Gesicht zeichnete sich schließlich ein zufriedenes Lächeln ab, als sie auf den vergrabenen Schatz stieß. Ein Stückchen alter Schokolade zwischen ihren Fingern kam zum Vorschein. Der weißgraue Belag war weithin sichtbar. Hanna verzog angewidert das Gesicht. Niemand nahm Notiz von ihr. Von der Schokolade. Oder der Frau. Oder Valerie. Niemand sonst schien von Unfrieds Worten verunsichert zu sein. Niemand sonst schien sich mehr zu erinnern. Waren die anderen denn nicht neugierig, was sich hinter der Tür verbarg?

Der alte Mann neben der Tür strich bedeutungsvoll über seine Hutkrempe.

»Manchmal sucht man einfach an den falschen Plätzen nach der – nennen wir sie: Wahrheit. Wahrheit hat nicht die Angewohnheit, auf jemanden zu warten. Nicht an Orten.«

»Wo denn sonst? Nicht an Orten?« Der alten Frau fiel das letzte Stück Schokolade förmlich aus dem Mund. Sabber triefte aus ihren Mundwinkeln. »Hätte ich sie nicht im Schlafzimmer erwischt, wäre es der Küchenboden gewesen. Oder war das nicht der richtige Ort? Er hätte sie gefickt. Egal, an welchem Ort. Es gab für meinen Mann keinen falschen Ort. An jedem Ort. Jede Ecke meines Hauses war besudelt. Ich hatte keinen Platz mehr. Weder im Haus noch in seinem Herzen.«

Der Mann nickte schier gleichgültig, während er abermals über die breite Hutkrempe strich. Er ging nicht weiter auf diese Argumentation ein.

Hanna konzentrierte sich – sie versuchte es zumindest. Doch sie tat sich zusehends schwer damit, mit ihren Gedanken bei der Sache zu bleiben. Dieses

Hier und Jetzt war nicht so ihr Ding. Nie gewesen.

Sie überlegte: »Kann es sein, dass auch der Begriff Wahrheit für jeden von uns etwas anderes bedeutet? Kann man sich die Wahrheit auch einbilden? So wie Stimmen zum Beispiel.«

Unfried nickte Hanna zu. Doch es war der Mann mit Hut, der antwortete.

»Wir müssen lernen, zwischen Wahrheiten und der Realität zu unterscheiden.«

Bevor Hanna ihren Gedanken weiter freien Lauf ließ, meldete sich Valerie: »Was, wenn Wahrheit zum Beispiel ein Gefühl wäre? Vielleicht auch nur eine Erinnerung. Eine Erinnerung an viel Wasser, an das Meer. Meeresrauschen. Ich kann das Meer sehen. Es sogar rauschen hören, wenn ich eine Muschel an mein Ohr halte. Jedes Mal. Es erinnert mich an vergangene Urlaube. An das Meer. Ich kann es nicht sehen, und doch ist es da. Sanfte Wellen, beruhigendes Schaukeln. Vielleicht findet man genau das, wonach man sucht. Vielleicht …«

Hanna verdrehte die Augen. Langsam konnte sie Kjell verstehen.

»Sanfte Wellen, sie schaukeln mich in den Schlaf. Sie beruhigen mich. Ich liebe es, wenn sie singen«, beendete Valerie ihren Satz.

Nun saß sie wieder genauso teilnahmslos da, wie ihre Augen nunmehr wieder teilnahmslos ins Leere starrten. Unfried schien das nicht im Geringsten zu beunruhigen.

»Die Wahrheit steckt in uns allen. Wir alle tragen Stücke davon in uns. Wir sollten hinhören. Aufhören zu suchen und einfach nur unseren Sinnen vertrauen.«

Hanna hielt diese Floskeln nicht mehr aus.

»Sie rollen wieder mit den Augen, Hanna?«

Hanna schnürte es die Kehle zu. Warum konnte der Therapeutenheini nicht die Klappe halten?

Es war der Mann mit Hut, der im bedeutungsvollen Ton zu Hanna sprach: »Was glauben Sie, Hanna? Wen hören Sie, wenn sich Ihre innere Stimme meldet?«

»Ich hasse dich. Ich hasse dich.«

Er hasst dich, dröhnte es in Hannas Kopf.

Sitzkreis II

»Was genau ist es denn, was Sie so traurig stimmt?«

Diesen Unfried konnte sie nicht leiden. Diesen *Raum* konnte sie nicht leiden. Sie konnte *niemanden* im Raum leiden. Wer war dieser Unfried überhaupt? Keine Ahnung, wer das wieder war und was er da für einen Schund von sich gab. *Wieso musst du ihm das nochmals erklären, kann er denn nicht einmal zuhören?*

»Wie soll ich das erklären?«

Hanna sah Unfried bohrend an, als wartete sie auf seine Zustimmung. Sie suchte krampfhaft nach Worten. Reden war ihr noch nie leichtgefallen. Wozu reden, es hörte ihr sowieso niemand zu. Hanna blickte argwöhnisch zu Unfried, doch er schien sie zu ignorieren. Kein Nicken, kein Blick. Keine noch so kleinste Reaktion seinerseits. *Gibt es etwas Schlimmeres, Hanna? Wie er dich ignoriert, Hanna. Es ist pure Verachtung.*

Hannas Gedanken begannen zu kreisen. Kjell quatschte in einer Tour. Als gäbe es nur ihn auf dieser gottverdammten Welt, rumorte es in Hanna. Andererseits, überlegte sie, müsste sie niemandem Rede und Antwort stehen, solange Kjell im Mittelpunkt glänzte. Natürlich hätte Hanna etwas zu sagen gehabt und in ihrem Kopf hatte sie schon längst all die perfekten Sätze zusammengetragen. Ganze Reden hätte sie halten können, wenn sie bloß wer nach ihren Antworten fragen würde. Irgendwer. Alles, was es dazu brauchte, waren die passenden Fragen. Ihr Kopf war voller zurechtgelegter Antworten, doch auf welche Menschen sie in ihrem Leben auch getroffen war, niemand hatte ihr jemals die richtigen Fragen gestellt. So blieben die Antworten ihr Geheimnis. Vielleicht sollte sie ein Buch schreiben. Darüber, warum jeder nach Antworten suchte, ohne auch nur einen verfluchten Gedanken an die relevanten Fragen zu verschwenden. Nein, Hanna korrigierte ihren letzten Gedanken. Keine Verschwendung, vielmehr eine Notwendigkeit. Ein Muss. *Soll Kjell nur weiterreden,* brodelte es in Hanna, *so lässt mich dieser Unfried in Ruh.* Im Übrigen hatte sie keinen blassen Schimmer davon, was dies alles hier zu bedeuten hatte. Dieses Therapiezimmerszenario. Sie fühlte sich wie in einem Traum. Sie fühlte sich gefangen. Sie fühlte sich bedrängt. Sie fühlte sich bereit, aufzuwachen. Ja, sie war bereit für etwas Neues. Sie musste nur aufwachen. Nur raus aus diesem Traum. Es war einer dieser Träume, die so real schienen, als wäre man wirklich dort. Das war die einzige erklärbare Lösung. Sie konnte sich an keine der um sie sitzenden Personen erinnern. Nichts an diesem Ort war ihr Ort. Keiner dieser Menschen um sie herum weckte Erinnerungen. Links saß der blonde Typ, der die ganze Zeit vor dem Therapeuten schwadronierte. Groß gewachsen. Eher der nordische Typ. Sie assoziierte ihn mit einem Wikinger. Fjell, Sven, Kjell … Kjell, genau so hieß der Typ. Es sah so aus, als würde er dem Therapeuten gleich die Faust ins Gesicht rammen. Was hatte Kjell hier zu suchen? Er machte nicht gerade einen therapierbaren Eindruck und sah auch nicht so aus, als würde er Hilfe brauchen. Er war eher der Typ Mann, der nicht lange fackelte und sich das nahm, was er brauchte. Oder wen. Wen oder was er wollte. Hilfe gehörte ganz gewiss nicht zu den Dingen. Ganz gewiss jedoch hatte er ein Autoritätsproblem, aber das stellte in Hannas Augen keine Schwierigkeit dar, eher war es eine Charaktereigenschaft, um die sie ihn sogar beneidete. Auf eine spezielle Art und Weise. Ja, Hanna musste es sich eingestehen, nicht gern, aber doch. Allmählich gefiel ihr dieses Schauspiel. Sie fand Gefallen am Machtgeplänkel zwischen dem Therapeuten und Kjell. Auf welcher Seite sie stand, war offensichtlich. Sie blickte erneut zu Kjell und war sich sicher. Ja, Kjell gefiel ihr. Ob er auch Valerie aufgefallen war? Valerie – rechts neben Hanna – machte einen sehr verlorenen Eindruck. Vielleicht bekam sie die besseren Pillen – die richtig guten Pillen.

Vielleicht war das genau ihr Ding – die richtige Welt.

Vielleicht war sie nicht nur von allen guten Geistern verlassen, sondern auch von den bösen.

Vielleicht war sie mit sich im Reinen.

Dies konnte man von Valeries Schuhen nicht behaupten. Diese strotzten vor Dreck, als ob Madame damit durch sämtlichen Morast dieser Erde gestapft wäre. Und wieder retour. Dünne, weiße Sneakers. Im Grunde hübsche Schuhe, musste Hanna sich eingestehen. Ein ziemlich teures Exemplar. Hanna war etwas neidisch. Es waren nicht die Schuhe – sie gefielen ihr nicht einmal. War nicht ihr Ding. Doch das Kaufen können, wenn man kaufen wollte, das war ihr Ding. Wäre es gewesen, denn Hanna hatte es nie zusammengebracht, auf etwas zu sparen oder auch nur ein wenig

Geld auf die Seite zu legen. Egal, was und wie sie es anstellte, spätestens Mitte des Monats war kaum noch Geld für Essen übrig. Das wenige, das ihr an Geld blieb, gab sie für Katzenfutter aus. Ihre Stubentiger waren wichtiger. Sie sollten keinen Hunger leiden. Ihre Katzen sollten gar nicht leiden. Welche Erklärung könnte sie ihnen liefern dafür, dass kein Geld mehr für Futter da war? Nein, das kam gar nicht infrage. Es ergab weitaus mehr Sinn, wenn sie selbst hungerte. Sie wusste ja, warum. *Ja, weil du zu blöd bist und nicht mit Geld umgehen kannst.* Hanna zeigte sich nicht überrascht. Wozu auch? Es war offensichtlich, dass sie zu blöd war. Zu blöd. Das war es. Mehr steckte nicht dahinter. Es war kein Geheimnis. Anfangs hatte sie sich noch Geld geborgt in ihrer Not. Doch was anfänglich als Übergangslösung gedacht war, entpuppte sich schnell als unendliche Geschichte. Bald reichte das Geld an allen Ecken und Enden nicht mehr. Sie schaffte es nicht, das geborgte Geld zurückzugeben. Mit geliehenem Geld zahlte sie fällige Schulden zurück. Es begann sich im Kreis zu drehen. Hanna selbst drehte sich im Kreis. Alles in ihrem Kopf begann sich zu drehen. Ihre Welt drehte sich, nur nicht so, wie sie sich drehen sollte. Sie sah schlussendlich keinen Ausweg mehr.

Ein Rascheln lenkte ihre Aufmerksamkeit auf die Frau rechts neben Valerie. Sie als mollig zu umschreiben, würde es nicht treffen. Sie war schon sehr rund. *Einfach fett*, argumentierte Hannas innere Stimme. Ja, einfach fett, wiederholte Hanna. Ihr wollte der Name der dicken Frau nicht einfallen. Sie überlegte. Nein, es hat keine dieser äußerst peinlichen Vorstellungsrunden gegeben. Daran würde sie sich erinnern. Ganz bestimmt. Das würde sie. Hoffte sie. Sie erinnerte sich nicht. Es gab viele Dinge, die Hanna hasste, und eines davon war, sich einer fremden Runde vorzustellen. Sich generell vorzustellen. Es interessierte sie schlicht und ergreifend nicht, wer oder was andere waren, was sie taten und warum sie etwas taten. Oder nicht taten. Oder nicht waren. Leute sollten sich mehr um ihren eigenen Kram kümmern.

Vielleicht taten sie das ja auch. Und sie selbst war diejenige, die an allem und jedem herumnörgelte.

Vielleicht war der eigene Kram einfach nicht klar abgegrenzt vom restlichen Kram.

Vielleicht war alles einfach ein Scheißkram.

Vielleicht war ja …

Vielleicht war ja die dicke Frau gar nicht dick, nur sie selbst dünn. Hanna linste zur dicken Frau. Sie hatte eine dieser Designertaschen auf ihrem Schoß und schien sich förmlich an ihr festzukrallen, als hätte sie Angst, jemand könnte ihr die Tasche rauben. Die Tasche hatte zweifellos ihre besten Tage hinter sich, genauso wie die alte Frau. Sie war längst verschlissen; wer wollte sie denn haben wollen? Die Tasche. Nicht die Frau. Oder … *Ja, nur zu, sprich es laut aus. Beide sind abgefuckt. Das ist es doch, was du dir denkst.* Ja, Hannas Stimme im Kopf hatte recht. Wieder einmal.

Und Unfried? Wer zum Teufel war dieser Unfried noch mal? Genau, dem Anschein nach der Therapeut. Er unterschied sich kaum von all den anderen Therapeuten, denen sie im Laufe ihrer Patientenlaufbahn begegnen durfte. Er war vielleicht etwas pragmatischer. Nein, das traf es nicht ganz. Ruhiger? Nein. Phlegmatisch vielleicht. *Ja, wir kommen der Sache näher,* bestätigte die Stimme in ihrem Kopf. *Oder* ... Hanna überlegte weiter. *Oder, sag es geradeaus. Ihm ist es einfach schnurz. Er möchte nur das, was du auch willst: dass die Stunde schnell vorübergeht.* Hanna begann sich zu fragen, ob es wirklich ein kleines Männchen in ihrem Kopf gab, das mit ihr sprach. Oder sie sich alles einbildete, so wie es alle immer behaupteten.

Es hatte kurzerhand keinen Sinn. Egal, was man sagte, dieser Unfried zog doch wirklich alles ins Lächerliche. Schlimmer noch, er zog sie selbst ins Lächerliche. Das, was sie sagte, zog er ins Lächerliche. *Begreif es doch endlich, sie machen sich doch alle bloß lustig über dich. Das ist es doch, was ich dir die ganze Zeit versuche, begreiflich zu machen.* Hanna fiel es wieder ein. Stets wurde sie blöd angemacht für das, was sie sagte. Für das, was sie nicht sagte. Ausgelacht für das, wer sie war. Für das, wer sie nicht war. Es wurde mit dem Kopf geschüttelt und in ihrer Nähe geflüstert. Man prangerte sie dafür an, wie schlecht sie mit Geld umgehen konnte und sie ohnehin selbst schuld an ihrem Elend sei. Alle hätten es sowieso gewusst, dass sie es zu nichts bringen würde. Niemand nahm sie ernst. Wozu auch? Was hatte sie schon vorzuweisen? Eine Liste von Therapeuten. Eine Zusammenstellung von Therapien, die sie alle abgebrochen hatte. Wozu also reden? Schon als Kind wurden ihr bloß Hirngespinste nachgesagt. Sie hätte eine krankhafte Fantasie, hieß es. Sie würde sich alles nur einbilden, hieß es. Verrückt wäre sie, hieß es. Man solle sie gar nicht beachten, hieß es. Sie würde in ihrer eigenen Welt leben, hieß es. Und wenn? Wen hätte es zu kümmern? Wen sollte es stören und warum? Warum verwehrte man ihr zeitlebens den Zugang zu ihrer eigenen Welt?

Du weißt warum, Hanna. Es ist ihr Neid. Sie tummeln sich alle in einer großen Blase und steigen einander auf die Zehen. Schubsen und stoßen einander und wehe, da ist jemand, der exakt das gefunden hat, wonach sie insgeheim gieren. Eine eigene Welt mit Platz und Raum für das eigene Ich.

Die Stimme in ihrem Kopf machte es Hanna nicht leicht, bei der Sache zu bleiben. Unfried, genau, hatte er sie nicht etwas gefragt? Und warum setzte der alte Mann seinen Hut nicht ab?

Hannas Blick glitt ein wenig ab von Unfried. Der alte Mann hielt sein Gesicht verdeckt unter der Hutkrempe. Nicht, dass Hanna gerne in die Augen fremder Menschen schaute, nein, sie schaute niemanden gerne an. In diesem Fall würde sie das Gesicht, das sich unter dem schwarzen Hut verbarg, jedoch interessieren. Sie wollte wissen, wer der alte Mann im dunklen Anzug war. Irgendetwas an ihm weckte ihre Neugier. Ihre Freundin hätte gesagt, den alten Mann umgäbe eine gewisse Aura. Ihre ehemalige Freundin. Nicht ihre. Eine Freundin wohlgemerkt. Eine ihrer ehemaligen Freundinnen. *Du hast doch gar keine Freunde,* donnerte es in ihrem Kopf, *oder ist mir da etwas entgangen?* Ja, ich weiß, fauchte Hanna in sich hinein, ich sagte ja auch *ehemalige* Freundin. Eine Freundin. Oder Bekannte. Egal, ich kannte sie. Denk ich. Also irgendwie. Irgendwie kannte ich irgendwen. Irgendwann. *Tztz, Hanna, du sollst nicht so viel denken. Du weißt, das ist nicht gut für dich. Und bitte, nicht so laut.*

Es war wohl erwiesene Tatsache. Hanna konnte einfach nicht gut mit Menschen und Menschen konnten nicht gut mit ihr. Diese Tatsachen waren nicht weiter verwunderlich, da Hanna auch nicht gut mit Hanna konnte.

»… Was würden Sie der kleinen Hanna raten? Aus heutiger Sicht. Mit dem, was Hanna heute weiß«, warf Unfried ein.

Hanna kaute nervös auf ihrer Unterlippe herum. Am liebsten würde Hanna die Wahrheit sagen. Was sie heute wusste? Eines wusste sie ganz sicher. Sie wusste, dass alles Scheiße ist, Scheiße war und nichts von ihrem Scheißleben je einen Sinn gemacht hat. Sie wusste, dass es Scheiße von ihr gewesen war, nach dem Sinn des Lebens zu suchen. Wie blöd musste man eigentlich sein, etwas zu suchen, das es nicht gab? Nie gab und nie geben wird. Wie verwirrt musste man sein, darauf zu hoffen, etwas zu finden, das nicht existierte? Es wollte aus Hanna herausplatzen, doch statt des Paukenschlags, vor dem alle hier hätten erzittern sollen, war nur ein schwaches Wimmern zu vernehmen.

»Aber ich weiß doch gar nichts. Ich …«

Warum, Hanna? Du warst so knapp dran, sie alle zum Teufel zu jagen. Du bist kein rohes Ei. Du hältst schon etwas aus. Das sollten wir allen klarmachen.

In Hannas Kopf dröhnte es. Etwas stimmte nicht mit ihrem Kopf. Warum verspottete sie Kjell? Warum … ?

Ich mache dich nur äußerst ungern darauf aufmerksam, Hanna, aber wann beendest du dieses Schauspiel? Insgeheim lachen sie sich alle schief über dich. Niemand hat auch nur die Absicht, dich zu Wort kommen zu lassen. Wie lange noch, Hanna, willst du jedermanns Witzfigur sein? Hanna brach ihre Gedanken ab. Etwas irritierte sie. Die Stimme in ihrem Kopf hatte recht. Kjell äffte sie nach und machte sich lustig über sie. Dieser Therapeut oder wen auch immer er darstellte – er ignorierte zur Gänze das, was sie sagte. Er gab ihr nicht die Gelegenheit, zu reden, geschweige denn auszureden. Warum hatte er überhaupt gefragt? Wem wollte er etwas vorspielen? Seinem Gewissen? Dieses machte für Hanna einen sehr leblosen Eindruck. Sie beobachtete Unfried dabei, wie er ein paar Seiten in seinem Notizblock zurückblätterte. Wem wollte er Interesse vorgaukeln? Er spulte bloß sein vorgefertigtes Therapie-Programm ab. Mehr war es nicht. Es verlief alles so, wie sie es kannte. Das gleiche Muster. Zwei glatt. Zwei verkehrt. Eine verlorene Masche änderte nichts an dem Muster. Es machte die Sache nur noch hässlicher. Ein Déjà-vu jagte das nächste. Die gleichen Fragen. Die gleichen Antworten. Unzählige Fragen in unzähligen Therapiestunden hatte sie schon unzählige Male beantwortet. Allesamt führten sie immer zum gleichen Ergebnis: zu nichts. Im selben Maße und im selben Moment unterstellte Hanna Unfried Vorsatz. Den Vorsatz, extra laut zu rascheln, nur damit sie noch mehr genervt war. Den Vorsatz, extra laut aufs Papier zu kritzeln, nur um damit schreckliche Bilder in ihrem Kopf entstehen zu lassen. Bilder, in denen sie ihm seinen gottverdammten

Stift in den Hals stach und ihn tief hineinbohrte. Visionen, in denen sie ihm seinen verfluchten Block in den Rachen stopfte. Blatt für Blatt. Langsam. Qualvoll würde er daran zugrunde gehen … *Warum sonst würde er dich so provozieren?* Das Kratzen des Stiftes auf dem Papier fraß sich förmlich durch Hannas Gehirn, breitete sich darin aus … *Hanna, der Stümper wird damit nicht aufhören.* Sie wollte so vieles sagen. In Hannas Kopf hämmerte es. Er drohte zu explodieren. Alles, wirklich alles wollte aus ihr herausplatzen. Nein, sie selbst war es, die platzen würde. Hannas Blut würde in den Raum schießen und an den Wänden hinabgleiten. Ihre Eingeweide würden in den angewiderten Gesichtern der übrigen Irren kleben. Das Überbleibsel ihres verkümmerten Gehirnes würde bis zur Tür fliegen und dort haften bleiben. In einem Stück oder doch besser in Stückchen. Kleine Fetzen, die nacheinander auf den Boden rutschen würden. Schließlich würden nur ihre Überreste bleiben, die man mühsam von den Wänden kratzen musste. Bizarre Bilder waren es, die sich ihr zu erkennen gaben. Überall Feuer. Flammen loderten vor ihren Augen. *Bizarr ist genau dein Ding, nicht wahr?* Hanna bejahte.

Einfach aufstehen und gehen. Das würde dem Ganzen einen Abbruch machen. Doch um das zu schaffen, müsste sie zuerst ein Hindernis überwinden. Sich selbst. Sie sah sich jedoch außerstande, mir nichts, dir nichts aufzustehen. So wie jeder normale Mensch es getan hätte. Hanna fixierte die Tür. Generell wäre es wirklich ein Leichtes gewesen. Aufstehen und gehen. Jetzt, wo noch keine Gehirnmasse an der Tür pickte.

Doch die Blicke, die sie verfolgen würden, hätte sie nicht ertragen. Der bloße Gedanke daran, wie man sie anglotzen würde, löste Grauen in Hanna aus. Wie die Gestörten um sie herum versuchen würden, etwas an ihr zu finden, das es nicht gab. Nein, diese Blicke hätte sie nicht ertragen. Die wenigen Schritte bis zur Tür kämen einem Gang zur Guillotine gleich. Unabhängig davon, dass sie diesem alternativen Ziel den Vorzug geben würde. Alle hier würden ihre Fühler ausstrecken und nach Hannas Seele tasten. Ihren Körper abtasten. Versuchen, etwas nicht Greifbares zu greifen. Sie zu begreifen. Sie würden nach etwas wie Logik in ihrer Handlungsweise suchen. Diese verdammten Heuchler würden sie angreifen. Sie würden ... *Überlege doch, Hanna. Du wärst im Mittelpunkt. Das ist es doch, was wir uns verdient haben. Was du dir verdient hast, nicht wahr? Du hast alles Recht dazu.*

»Kjell! Kjell, wir wollen einander aussprechen lassen ...«, vernahm sie Unfrieds Stimme.

Ja, aussprechen ... auskotzen wäre passender. Ist dir nicht übel von all dem Therapeutengewäsch? Hanna, wir sollten von hier verschwinden, forderte das kleine Männchen. Ja, es hatte recht, überlegte Hanna. Im Raum wurde es zusehends unruhiger. Sie sollte von hier abhauen. Vielleicht würde es niemand merken.

Unfried tat ohnedies nur das, was er anscheinend die ganze Zeit über tat. Er notierte eifrig in seinen Block, beendete jedoch plötzlich seine Schreiberei, nur um in peinliche Schnappatmung zu verfallen. Sein Gesicht sah dabei ulkig aus, dachte sich Hanna – wie ein luftgefüllter Ballon. *Wollen wir ihn gemeinsam zum Platzen bringen, Hanna?*

»Hanna, bitte. Fahren Sie fort. Wir alle wollen die Traurigkeit mit Ihnen teilen.«

Geteiltes Leid ist halbes Leid, oder wie? Das kleine Männchen in ihr heulte los. *Das glaubst du ihm wohl nicht? Diesem Sprücheklopfer. Alle, sie alle sind nicht mehr als Sprücheklopfer. Hast du das endlich kapiert, Hanna?*

Hanna schmeckte ihr Blut, während sie auf ihrer Unterlippe herumkaute. *Dieser verdammte Heuchler. Wir sollten seine Zunge mit dem Stift an die Wand nageln. Ich überlasse dir den Hammer, damit du all seine Sprüche an die Wand klopfen kannst. Hanna, kannst du das Blut schon schmecken?*

Hanna zitterte. Ihre Beine gehorchten ihr nicht. Als wollten sie alleine und ohne ihr Zutun losmarschieren.

»Sie sprechen von Ihrer Mutter?«

»Ja, sie …«

Nicht du, Hanna, lass die Floskeln. Hör auf zu reden! Die reinste Freak-Show.

»… und warum …«

Um Himmels willen, Hanna, hör auf damit! Sofort! Jetzt! Mach dich nicht lächerlich. Niemanden interessiert es. Du interessierst niemanden. Nicht einmal deine Mutter wollte dich. Hanna japste nach Luft. *Jetzt siehst du, was du davon hast. Du nimmst dir die Luft zum Atmen. Mach nur so weiter und du zerplatzt allen Ernstes.*

Es wurde still. Niemand sagte etwas. Niemand, bis auf … *Hanna, so kann ich dir nicht helfen. Du willst partout nicht auf mich hören, und jetzt? Jetzt hast du das, was du nicht haben wolltest. Alle starren sie dich an.*

»Süße, ich bin sicher, sie hat es nicht so gemeint.«

Was wollte Valerie von ihr? Nein, sie hatte nicht geweint. Sie war nur wütend. Verärgert über den lauten Stift. Über das laute schier endlose Gekritzel. Über das hier. Das alles und über jeden hier.

»… Wir lügen uns selbst an. Was bleibt uns sonst? Wer will der Wahrheit schon ins Gesicht sehen … ?«

Glaubst du an die Wahrheit, Hanna? Hanna? Hanna schwieg. *Hanna, ich habe dich etwas gefragt. Glaubst du daran?* Die Stimme im Kopf drängte. Hanna hörte sie nicht. Die dicke Frau beschäftigte sie. Sie hatte irgendetwas von Wahrheit gesagt. Wahrheit war auch so ein Ding, wonach alle suchen. Man forderte einander auf, stets die Wahrheit zu sagen. Doch wessen Wahrheit? Wie konnten sich Wahrheiten voneinander unterscheiden, wenn es doch nur die eine, die ultimative Wahrheit gab. Des einen Wahrheit entpuppte sich als des anderen Irrtum.

Essen ist doch hier verboten. So ist es doch? Sehr ärgerlich. Unfair, findest du nicht auch, Hanna? Essen, ja essen. Wann hatte sie das letzte Mal gegessen? War auch nicht relevant. Hanna verspürte keinen Hunger. Sie glotzte zu der dicken Frau. *Gierige, hässliche alte Schlampe, sie könnte dir ruhig etwas anbieten.* Das Männchen in Hannas Kopf zürnte, doch es war in Ordnung. Hanna hatte wirklich keinen Hunger.

Unfried hält wieder Reden über Respekt und Stolz. Dein gut aussehender Nachbar scheint mir gar sehr unruhig, findest du nicht, Hanna?

Kjell rutschte auf seinem Sitz hin und her. Er starrte Hanna an. Was wollte er bloß von ihr? Sie war beschäftigt und hatte genug mit sich selbst zu tun. *Was ihn wohl wieder an dir interessiert?* Das kleine Männchen ließ nunmehr sprichwörtlich die Hosen runter. *Was glaubst du? Interessierst du ihn? Ganz sicher sogar, aber auf eine andere Art und Weise. Männer sind doch alle Schweine. Sieh doch, wie er der dicken Frau zuzwinkert und auf mindestens so dicke Hose macht. Dick und Dick gesellt sich gern. Nicht immer, aber in diesem Fall.* Hanna wollte nicht hinsehen. Es reichte ihr, das Gelächter in ihrem Kopf zu hören. Es war offensichtlich, dass sie es nicht sein konnte, wonach Kjell suchte. *Vielleicht würde er ja mehr an einem Mann Gefallen finden. Schon daran gedacht?* Hanna schüttelte den Kopf und betete im selben Moment, dass es niemandem aufgefallen war. *Glaubst du, dass er generell von Beziehungen die Schnauze voll hat?* Ich weiß es doch nicht, murmelte Hanna in sich hinein. *Pscht, sei doch leise, oder willst du, dass uns jemand hört?* Hannas Atem stockte. *Unfried, er schaut schon wieder her. Du musst vorsichtiger sein. Du siehst doch, wie er versucht, sich zu sammeln. Kjell bringt ihn noch zur Weißglut.*

Hanna registrierte, wie Kjell von ihr wegrutschte. Auf eine unerklärliche Weise tat ihr das weh. Sie nahm es persönlich. *Natürlich ist es persönlich. Es hat mit dir zu tun. Warum würde er sonst von dir Abstand nehmen wollen?* Hanna verfiel innerlich. *Siehst du, Hanna, alles Heuchler. Er fordert ständig Respekt. Warum rutscht er dann weg, dieser Arsch? Ist das dieser Respekt, von dem er so besessen ist? Hat er Respekt? Nein, er hat keinen Respekt. Nicht vor uns. Du musst mir glauben. Er hat dich nicht verdient.*

Hanna war der Ohnmacht nahe. Sie kannte diese

Stimme nur allzu gut. Manchmal gab sie ihm Namen. Diesem Männchen, dem diese Stimme gehörte. War es anfänglich leise gewesen, ja, fast freundlich, sogar etwas zögerlich, wirkte das Männchen nunmehr zunehmend bedrohlicher. Fordernd. Sie vertraute darauf, dass Unfried nichts davon mitbekam. Sie war nicht ganz bei der Sache und begann zu halluzinieren. Bilder verschwanden vor ihren Augen. Gerade eben hatte sie noch Unfrieds Gesicht gesehen und nunmehr schien es sich rapide zu verändern. Dort, wo seine Augen hätten sein müssen, erkannte sie nur zwei Einschnitte. Als hätte jemand mit einem Stanley-Messer in eine Gipsmaske Schlitze geritzt.

Ganz sicher war es eine Halluzination. Hanna war angespannt, fühlte sich abgehetzt und müde. Natürlich hatte Unfried Augen. Ganz normale sogar. Ihre eigenen waren es, die ihr einen Streich spielten. Wieder einmal.

Hanna hielt sich den Kopf. Sie hasste es, wenn alle kreuz und quer redeten. Kjell und Unfried lieferten sich ein Schreiduell. Sie hasste es, wenn sich die Gedanken in ihrem Kopf vermischten und sich zu einem Sammelsurium von obskuren Stimmen formierten. Es war so furchtbar anstrengend ... so furchtbar ...

Und dann – Stillschweigen.

Hanna atmete auf. In ihrem Kopf wurde es ruhiger. Keine Stimme. Ihr Kopf – leer.

Hanna genoss diesen herrlichen Moment der Stille. Diese ruhigen Momente waren ihr die liebsten. Allmählich wurde es dunkler um sie herum. Kjell unterbrach jäh die für Hanna so unendlich begehrte Ruhe.

Hanna verspürte den altbekannten Sog, der sie unerbittlich wieder in das verhasste Tosen zog.

»… Wen interessiert dieser Scheiß? …«

Ja, plötzlich dämmerte es Hanna. Wen interessierte dieser Scheiß? Sie selbst hatte sich mehrmals diese Frage gestellt.

Hanna blickte auf. Kjell hatte aufgebrüllt. Ihre Ohren schmerzten. Ihr Kopf wollte zerspringen. Ihr Gehirn wollte raus. Wollte sich gegen die Tür werfen. Sie sah zu Unfried. Sie wartete auf seine Reaktion. Das Kritzeln in den Notizblock hatte etwas Provokatives. Warum tat er das? Warum sorgte er nicht für Ruhe? Was redete er von Schweinen und von Vegetariern? Was war das für eine bekackte Runde hier, wo man mit Geschrei aufeinander losging? Es war so unerträglich laut für Hanna. Nichtsdestotrotz vernahm sie Valeries Summen. Viel leiser, doch drang es in jede kleinste Faser ihres Körpers. Es war der reine Wahnsinn hier.

Hanna, worauf wartest du? Auf bessere Zeiten? Zeit wartet nicht. Lass uns verschwinden.

»Ja, es kümmert mich einen Dreck …«

Hörst du denn nicht? Es kümmert ihn einen Dreck, wie es dir geht. Mach schon, Hanna!

»Sorry.«

Glaub es ihr nicht. Valeries Entschuldigungen kannst du getrost das Klo runterspülen.

»Ist okay, Val.«

Und? Wie oft willst du es noch hören, Hanna? Kjell unterstreicht noch ihre falsche Entschuldigung.

Hanna entging nicht, wie Kjell nacheinander auf jeden in diesem Raum deutete.

»Entschuldige, das wollte ich nicht. Tut mir leid«, murmelte Valerie.«

Entschuldigung für die Entschuldigung? Wie krank ist die denn? Siehst du, Hanna, wohin das führt? Respekt und Entschuldigungen führen zu nichts. Sie machen Tote nicht wieder lebendig.

»… Deal?«

Ihre beiden Sitznachbarn gaben sich nunmehr ein Stelldichein; redeten einfach über Hannas Kopf hinweg. Als ob sie gar nicht da wäre.

Hey, er grinst sie an. Hast du das gesehen, Hanna? Hatte er nicht zuvor dir schöne Augen gemacht? Dieser Versager. So ein mieses Arschloch. Hanna nickte. *Jetzt ist es Madame Val peinlich. Wie sie errötet und zu Boden schaut. Macht auf schüchtern und unschuldig.*

Hannas Blick blieb erneut an Valeries Schuhen haften. Tatsächlich könnte sie neue Schuhe vertragen. Als wäre sie mit ihnen durch zehn Kilometer Fluss gelatscht. *Wer sagt, dass es nicht so war? Oder vielleicht ist sie vor wem geflohen oder hat sich verlaufen. Hast du sie schon mal genauer angesehen? Oder sie selbst ist wem nachgelaufen. So, wie sie Kjell nachhechelt, würde ich darauf tippen … Wir werden es wohl nie erfahren.*

Ganz vorsichtig richtete Hanna ihren Blick auf Valeries Gesicht. *Trau dich nur. Die Gute bekommt gerade ohnehin nichts mit.*

Ja, doch, es stimmte. Entschuldigungen machten keine Toten lebendig. Der Beweis saß neben ihr. Valerie ähnelte ziemlich stark einer Wasserleiche aus den gängigen Krimiserien. Die nassen strähnigen Haare hingen ziemlich schwer in ihr Gesicht. Ihr geistesabwesender Zustand machte es schwer, sie nicht für tot zu halten. Aber Tote summen keine Lieder. Also war alles gut, war Hanna überzeugt. *Dabei fällt mir ein: Wir haben uns lange keine Filme mehr angesehen, Hanna. Sollten das beizeiten nachholen.* Stimmt, urteilte Hanna. Es gab nichts Erholsameres, als einen Tag mit einem Horrormovie zu beginnen. Und je sonniger und wärmer das Wetter wurde, desto mehr verdunkelte sie ihre Wohnung und ließ das Leben außen vor. Dieses Leben, das ganz und gar nicht zu ihr passte. *Oder, Hanna, bist du es etwa, die ganz und gar nicht ins Leben passt? Hast du diese Möglichkeit schon mal in Erwägung gezogen? Ist nur eine Frage – nichts weiter.* Nur manchmal … dann, wenn die Nächte kühler wurden und sie mit ihrer Decke vor dem Fernseher saß … Manchmal wünschte sie sich, sie wäre nicht allein und sie hätte mehr davon. Mehr von diesem Leben.

Hallo Hanna? Hörst du mir zu?

Hanna ertappte sich dabei, für einen kurzen Moment an Kjell gedacht zu haben. *Du irrst dich, Mädchen. Kjell spricht nur von sich. An wen sollte er denken? An dich etwa? Mädel, wach auf!* Die Stimme in ihrem Kopf irrte. Hanna war längst aufgewacht, aber …

Aber, aber … aber, aber, hallte es in Hannas Kopf.

Hanna schielte zu Valerie. Warum schüttelte sie ihren Kopf? Sie war doch kein Hund. Als ob ihre Haare dadurch trocknen würden.

Aber vielleicht passen der Wikinger und du gar nicht zusammen und jeder Gedanke daran ist purer Luxus. Und Luxus können wir uns nicht leisten.

»Aber wir hätten es versucht«, flüsterte Hanna.

Sprich nur weiter laut vor dich hin. So lange, bis sie dich alle für verrückt erklären und dich in eine Gummizelle stecken.

Das Umfeld begann vor Hannas Augen zu verschwimmen. Die Worte verstummten. Sie wollte die Buchstaben einfangen, doch es gelang ihr nicht. Würde sich doch die Dunkelheit über sie legen. Jener sanfte Schleier, der ihr schon so oft seine Freundschaft bewiesen hatte … Sie wollte nicht hier sein. Sie wollte nichts sehen. Nichts hören. Das Licht im Raum flackerte, als wollte es Hannas Gedanken Gewicht verleihen. Für Hanna war es ein gutes Zeichen. Bald – so war sie sich sicher – wäre dies hier alles vorbei.

Applaus. Kjell klatschte.

»Was ist eigentlich genau dein Problem, Mann? Kannst du mir das bitte erklären?«

Super, Hanna! Jetzt war es das kleine Männchen, das klatschte, und zwar vor Begeisterung. *Gute Frage, hätte von mir sein können.*

»Kjell?« Unfrieds bestimmender Ton riss Hanna aus ihren Gedanken, doch Kjell? Er stand einfach nur da. Seine Augen weit offen. Er starrte einfach in den Raum.

Hör auf zu zappeln, Hanna, jetzt wird es spannend. Hör doch mal zu, du verpasst alles.

»Kjell! Kjell, sind Sie noch bei uns?«

Hanna starrte gebannt auf das Schauspiel, das sich ihr bot. Kjell hörte nicht auf zu reden. Unfried hörte nicht auf zu fragen, ob alles okay sei.

Ob alles okay ist, bla, bla, bla. Hanna versuchte, das kleine Männchen vor ihrem geistigen Auge wegzublinzeln. Es schien sich königlich zu amüsieren. Hanna sah nochmals genauer hin. Ja, es saß in einem dunkelroten Kinosessel und schmiss sich unter schallendem Gelächter Popcorn in den Rachen. *Woran denkst du, Hanna? Freu dich nicht zu früh. Ich habe nicht vor, am Popcorn zu ersticken.*

Hanna wollte einen Gedanken formen. *Gib dir keine Mühe, ich weiß doch, woran du insgeheim denkst. Zwischen uns gibt es keine Geheimnisse. Ich bin dein einziges Geheimnis, und verrätst du mich, verrätst du dich.*

Hanna mochte Kjell. Auf eine ganz bestimmte Art und Weise. Kjell war witzig. Auf seine ganz bestimmte Art und Weise. *Ich brauche mehr Popcorn. Dieser Typ ist so etwas von verpeilt und findet den Sender nicht. Hanna, da kannst du dich durch alle Programme wühlen. Du wirst die richtige Einstellung nicht finden. Du magst ihn? Popcorn für alle! Ich habe mich geirrt. Ich könnte sehr wohl ersticken. Nicht an Popcorn, aber am Gelächter.*

Hanna nickte in sich hinein. »Ja, ich mag ihn.«

Spinnst du denn nun komplett? Man könnte meinen, dein Gehirn würde längst von der Decke hängen. Dieser Typ, er ignoriert dich – im Übrigen tun das alle! Was kann er denn überhaupt? Nur blöd reden. Er ist nichts weiter als ein Egoist – so wie alle hier. Was habe ich dir über die Männer gesagt? Soll alles umsonst gewesen sein? Ich brauche Popcorn. Viel mehr Popcorn. Der Film nimmt eine erschreckende Wendung.

Hörte Unfried überhaupt zu? Hanna hatte das Bedürfnis, jede verdammte Seite aus seinem verdammten Notizblock auszureißen und ihm jede einzeln in den Mund zu stopfen. Ersticken sollte er daran. An seinen Notizen. *Notizen nennt er das. Wer sagt uns, dass das nur Notizen sind, und was für Notizen überhaupt?*

»In der Tat.«

In der Tat? Hanna schaute auf. Sie versuchte sich abermals zu konzentrieren. Es war der Mann mit Hut. Sein Stuhl stand etwas abseits von Unfried neben der Tür. Er saß mit leicht nach vorne gebeugtem Oberkörper. Seine Hände hielt er gefaltet, fast so, als würde er sich auf ein Gebet vorbereiten. Nein, er war kein Türwart. Keine Ahnung, was er war, aber kein Türwart. So viel stand für sie fest.

»Er war doch kein Türwart, meinst du nicht auch, Valerie?«, säuselte Hanna. Valerie antwortete ihr nicht. *Sie hat Besseres zu tun,* meldete sich das Männchen in ihrem Kopf.

»Ja, eckige Löcher in die Luft starren«, gab sich Hanna selbst eine Antwort.

Unfried kritzelte wie üblich in seinem Block, als er plötzlich kurz innehielt und zu Hanna schaute. Hatte er etwas gehört? Es war ihr so rausgerutscht. Das mit den Löchern in die Luft starren. *Ich werde mich nicht mehr wiederholen.*

Was tat Unfried da? Er wandte seinen Blick von ihr ab, änderte dessen Ausdruck in Richtung des alten Mannes. Als würde ein Kind auf die richtigen Worte seiner Mutter warten, dachte Hanna.

Was hatte er gesagt? Hanna strengte sich an. Wahrheit wäre nicht zwingend real? Hanna verstand nicht, was er damit meinte.

Du musst besser zuhören, Hanna. Ich kann dir nicht immer alles erklären.

»Versuchen Sie doch zuzuhören, Kjell«, vernahm sie Unfrieds beschwichtigende Stimme.

Ihr scheint beide nicht schnell von Begriff. Vielleicht habt ihr mehr gemein als zunächst von mir angenommen.

Hanna schüttelte den Kopf. Nein, sie wollte nicht mehr zuhören. Sie wollte nicht mehr hinhören. Sie wollte nicht dazugehören. Ihr Kopf. Bitte keine Stimmen mehr. Kein Pochen mehr. Das Hämmern in ihrem Kopf musste endlich aufhören. Keine Stimmen mehr!

»Sie flüstern …«

Hanna fuhr erschrocken hoch. Nein, Unfried hatte nicht sie gemeint. *Bist du dir da sicher?*

Hanna war davon überzeugt, nichts sicher zu wissen. Sie wusste auch nicht, warum die Köpfe der Anwesenden sich in alle Richtungen zu drehen begannen. Einmal um die Achse. Rundherum. Ihre Gesichter wurden zu Fratzen. Sie bleckten ihre spitzen Zähne. Hälse streckten sich. Sie wurden länger und länger. Bald reichten sie bis zur Decke. Unfried knabberte nervös an seinem Brillenbügel. Ob er das gleiche wie Hanna sehen konnte?

Sicher nicht, das alles bildest du dir ein. Niemand hier ist das, was er vorgibt zu sein. Sie jedoch allesamt als Monster anzusehen, wäre doch schon etwas übertrieben.

Hanna entging nicht, dass Unfried Augenkontakt mit ihr suchte. Vielleicht wollte er ihr signalisieren, dass es doch real war. Dass er *sie* auch sehen konnte. Dass er *ihn* auch hören konnte.

Was passierte mit Kjell? Er verwandelte sich vor ihren Augen zu einem dunklen Etwas. Etwas Unförmigem. Das Gesicht verlor seine Kontur. Der Kopf schien nun weich und gallertartig. *Oder wie ein sandgefüllter Luftballon.* Sinne. Die Augen. Leere Höhlen. Die Nase wanderte zum Mund und verschwand, kurz bevor er sich daran verschluckte. Kein Mund mehr. Sein Hals verschmolz mit dem Rumpf. Hanna hörte es ploppen. Kjells restlicher Körper blähte sich auf. Seine Sprache änderte sich und wurde zu einem Brei von verschluckten Wörtern. Er schaffte es gerade noch aus dem Stuhl, bevor sich dieser seinem Schicksal ergab, nach hinten kippte und auf den Boden krachte. Kjell gelang es, die Tür zu erreichen, oder besser das, was von ihm übrig war. Hanna erkannte diffuses Licht im Flur. Valerie und die dicke Frau streckten ihre Hälse zur Tür, die sich während Kjells Metamorphose verlängert hatten. Hinter der Tür war Licht. Sehr schwach, aber doch. Die Tür schloss sich. Die Hälse schrumpften abrupt wieder auf Normalgröße.

Unfried erhob sich von seinem Platz. Ziemlich entschlossen, wie es Hanna schien. Und zwar derart, als hätte er nur auf diesen Moment gewartet. Erleichtert, dass das unheimliche Schauspiel endlich ein Ende gefunden hatte. Als hätte er auf einen Bus gewartet, schoss es Hanna durch den Kopf. Nur das mit dem Einsteigen wollte nicht so ganz klappen.

Hanna blickte fragend zu Unfried. Beinahe entmutigt. Er wirkte scheinbar gelassen. Er drehte sich zu Hanna. Sie verstand kein Wort von dem, was er sagte.

Hanna, sei auf der Hut! Dieser Unfried führt etwas im Schilde. Da kommt nichts Gutes.

Hanna wurde hellhörig. Sie blickte zu Valerie, wie sie beinahe unbekümmert auf ihrem Hintern hockte, ein paar ihrer ominösen Löcher in die Luft bohrte und dabei blinzelte. Also tat sie das, was sie normalerweise tat. Hanna kostete es nicht mal ein müdes Lächeln. Kühe kamen ihr in den Sinn. Rinder, die vergeblich versuchten, lästige Fliegen allein durch Zwinkern abzuwehren. Ein sinnloses Unterfangen. Und die dicke Alte? Sie kramte emsig in ihrer Tasche. Auf ihrem Gesicht zeichnete sich schließlich ein zufriedenes Lächeln ab, als sie auf den vergrabenen Schatz stieß. Ein Stückchen alter Schokolade zwischen ihren Fingern kam zum Vorschein. Der weißgraue Belag war weithin sichtbar. Hanna verzog angewidert das Gesicht. Wie konnte sie überhaupt an Essen denken? Ekelig, das Ganze. Niemand hier schien es aufgefallen zu sein, was sich kurz zuvor zugetragen hatte. Niemand erwähnte etwas von dem, was mit Kjell geschehen war. Waren die anderen denn nicht neugierig? Sie wirkten in keinster Weise geschockt und machten keine Anstalten, nach einer Antwort zu suchen.

Hör gut hin, Hanna! Was hörst du? Du hörst nichts. Es ist ihnen vollends einerlei. Jeder ist jedem egal. Nicht nur hier. Das musst du doch wissen. Deine Familie, du bist ihr egal. Hanna. Hörst du mir zu? Sei nicht wie die anderen. Bin ich dir auch egal?

Hanna konzentrierte sich. Sie versuchte es. Doch ihre Gedanken waren zusehends damit beschäftigt, sich im Kreis zu drehen. Dieses Hier und Jetzt waren nicht so ihr Ding. *Wahrheit hin. Wahrheit her. Rundherum, es ist nicht schwer ...*

»Kann man sich die Wahrheit auch einbilden?«

Hanna, was tust du? Halte bloß deine Klappe. Hanna,

du bildest dir doch alles bloß ein. Kannst du denn nichts richtig machen? Du musst doch nur auf mich hören. Sonst nichts.

Unfried nickte. Er hatte ihr zugehört. Vielleicht …

Vielleicht. Vielleicht was? Leck mich am Arsch. Vielleicht.

Hanna bebte innerlich. Sie musste sich beruhigen. Alles daran setzen, ruhiger zu werden. Klare Gedanken fassen. Rückwärts zählen. Sich auf irgendetwas konzentrieren: sich ablenken. Sich von der Stimme ablenken. *Du blöde Kuh. Hör auf damit, bevor es zu spät ist. Du machst alles kaputt.* Das kleine Männchen tobte.

Hanna fasste den Entschluss, Valerie nach ihren Medikamenten zu fragen. Gleich danach. Nach der Therapiestunde. Vielleicht konnte sie ihr etwas davon abgeben. Wirkte augenscheinlich sehr beruhigend.

Hanna hatte Unfrieds Floskeln so satt. Den Sinnen vertrauen? Ihre Sinne waren wohl die, denen sie am wenigsten vertraute, aber ihnen alles zutraute. Hanna rollte mit den Augen.

»Was glauben Sie? Hören Sie doch auf Ihre innere Stimme.«

Der alte Mann, was sagte er da? Von seiner Hutkrempe tropfte schwarze Tinte. Vielleicht sollte ihn der Hut davor schützen. Tinte in den Augen tat weh.

Ich hasse dich. Ich hasse dich. Er hasst dich, dröhnte es in Hannas Kopf.

Unfried hakte nach: »Wen hassen Sie, Hanna? Was und wen hassen Sie genau? Sprechen Sie es ruhig aus. Es ist richtig so.«

»Niemanden, niemanden. Ich habe nur …«

»Sie haben nur laut gedacht?«, bohrte Unfried nach.

Hanna nickte beschämt. »Kann sein ... Ich weiß nicht.«

»Das ist nichts, wofür man sich schämen müsste, Hanna. Die intelligentesten Menschen haben schon immer mit sich selbst gesprochen. Mit wem hätten sie sonst reden sollen? Wer hätte sie sonst sprichwörtlich verstehen können? Oder sogar *wollen*, ohne sie für den Rest des Lebens für verrückt zu erklären? Von wem hätten sich diese Menschen sonst verstanden gefühlt? Niemand hört zu. Geschweige denn hin. Hören Sie hin, Hanna?«

»Das arme Ding. Sie sehen doch, dass Sie sie mit dieser Frage überfordern!«

Noch während die alte Frau dies aussprach, puhlte sie sich alte Schokoladestückchen aus den Zahnzwischenräumen.

»Nein, das ist es nicht«, richtete Hanna ihre Worte wieder an Unfried, »es ist egal. Bei mir ist das nicht so. Ich bin ohnehin zu doof dafür. Ich scheine offenbar nichts zu begreifen. Am wenigsten mich.«

»Das Leben ist Ihnen egal?« Unfried blickte über seinen Brillenrand.

»Ja, Mein Leben ist mir egal. Ehrlich. Was macht es denn für einen Unterschied, ob ich lebe oder nicht? Was würde es ändern, wenn ich da wäre oder nicht da wäre, wenn ich nicht existieren würde?«

»Also für ihn machte es zumindest keinen Unterschied, ob ich da war oder nicht. Es hat *nie* einen Unterschied gemacht. Seine Nutten hat es auch nicht gestört.«

Gesagt. Getan. Gestopft. Und zwar Schokolade, die sich die alte Frau gierig in den Mund stopfte.

Gott, ist die verblödet. Nicht wahr? Dabei heißt es, dumm fickt gut. Na ja. Das kleine Männchen schüttelte verständnislos seinen Kopf.

»Hör endlich auf. Hör verdammt noch mal damit auf! Verschwinde! Ich brauche weder dich noch deine hirnrissigen Kommentare. Lass mich in Ruhe!«, donnerte Hanna der Stimme entgegen.

»Das habe ich ihm mehr als nur einmal gesagt, dem verlogenen Wichser«, brummte die fette Frau.

»Und dich und deine blöden Kommentare brauche ich auch nicht. Halt einfach dein Maul. Was geht mich dein Scheiß an? Und was mischst du dich überhaupt ein? Haltet bloß beide eure miese Klappe.«

»Wie fühlt es sich an?« Unfried legte seine Neugier offen.

»Wie fühlt sich was an?«, schnauzte ihn Hanna an.

»Es. Das Gefühl. Jetzt, nachdem Sie aus sich rausgekommen sind. Nachdem Ihnen alle zuhören. Wie fühlt sich das an, Hanna? Wie fühlt es sich für Sie an? Sie! Wie fühlen Sie sich?«

»Wer hört hier bitte wem zu? Aber wissen Sie, was ich am liebsten tun würde?« Noch bevor Unfried zu einer Antwort ansetzen konnte, fuhr Hanna fort: »Am liebsten würde ich der fetten Ziege dort die ganze Schokolade sonst wo hinstecken. Wäre ich ihr Mann, hätte ich sie womöglich längst erwürgt. Wer weiß, womöglich hat sie ihn ja schon aufgefressen.«

Die dicke Frau hörte auf, an ihren Fingern zu lecken.

»So, habe ich das? Ihn aufgefressen?«

Hanna ignorierte die Frage. »Ja, verdammt, es fühlt sich gut an.« Hanna sprach lauter und wiederholte ihre Aussage: »Ja, verdammt. Es fühlt sich sogar *verdammt* gut an.«

»Na ja, ich weiß nicht. Denke, er würde schwer im Magen liegen. Wortwörtlich sozusagen. Es ist nicht so, dass ich nicht darüber nachgedacht hätte, ganz und gar nicht. Ich …«

»Halts Maul, alte Schachtel!«, brüllte Hanna. Ihre Stimmte klang anders. Hanna war anders. Unfried entging Hannas Veränderung nicht.

»Nun schreiben Sie schon auf, Herr Unfried! Schreiben Sie! Schreiben Sie etwas in Ihren ach so tollen Block! Irgendeine Weisheit, nach der Sie beizeiten nachschlagen können. Schreiben Sie, dass es sich verdammt gut anfühlt!«

»Was fühlt sich verdammt gut an?«, horchte Unfried hin.

»Ha!«, warf Hanna energisch ein und zeigte auf Unfried. »Ha!«, bekräftigte Hanna nochmalig, »hatten wir das nicht? Sie wissen doch, dieses Dings … *Gefühl* nannten Sie es.«

»Hanna, wer spricht hier zu uns?«

»Huu, ein Geist. Ein Dämon. Er ist in mich gefahren und spricht aus mir.«

»Hanna?« Unfried schaute sie bestimmt und fragend an.

»Nein, ich allein bin es. Ich spreche allein. Keine falsche Sorge. Kein Mitleid. Ich treffe meine Entscheidungen allein. Und ich denke allein. Ich fühle allein. Ich bin …«

»Ja, mein Kind. Allein war ich auch. Eine Nacht allein kann ganz schön einsam sein. Allein, obwohl im Raum neben mir …«

»Sag, hörst du überhaupt zu? Und ich bin nicht dein Kind! Ich wollte nie ein Kind sein. Kind sein ist grausam und es ist nicht alles wieder gut, wenn man groß ist. Es bleibt Scheiße. Wenn es nach Scheiße riecht und nach Scheiße aussieht, ist es Scheiße … oder Schokolade.«

Die alte Frau verzog angewidert das Gesicht und roch an ihren Fingern.

Hanna fiel in schallendes Gelächter. »Reingelegt. Ja, sie hatten recht. Du bist wirklich dumm.«

Unfried blätterte in seinem Block für Hanna gefühlte zehntausend Seiten zurück.

»Na, also. Notieren Sie bitte alles! *Alles!* Notieren Sie, wie böse und gemein ich bin!«

»Hanna, Sie sprachen von *sie*. *Sie* hatten recht. Wer waren *sie*?«

»Na *sie*. Kjell und …«

»Ja, Hanna. Kjell und wer noch?«

»… und … Kjell und …«

Komm Hanna, erzähl ihnen von mir! Hanna, tu es! Das kleine Männchen schrie die Worte laut heraus.

»Kjell und …«, stotterte Hanna, nur um daraufhin laut loszuschreien: »Scheiße, Scheiße, Scheiße! Halt die Klappe! Verschwinde! Verschwinde aus meinem Kopf!«

Raus, raus! Sie musste hier raus. Kjell war sicher irgendwo da draußen. Hinter der Tür.

Hanna, was willst du ihnen sagen? Was sagst du ih-

nen, wo du hingehst?

»Mein Auto. Mein Auto ... ich hab darin etwas vergessen. Ich komme gleich. Ich komm gleich wieder.«

»Ja, das hat er auch immer gesagt. Na ja, gekommen ist er ja.«

»Halte die Klappe, sei einfach still, oder ich drehe dir eigenhändig den Hals um!«

Hanna riss die Tür auf und rannte hindurch in die Dunkelheit. Wo war das Licht?

»Freches Biest ... bin froh, wenn sie nicht wieder zurückkommt.«

»Ich denke«, Unfried blickte ausdruckslos auf Hannas leeren Sitzplatz, »das wird sie nicht.«

Die dicke Frau zuckte uninteressiert mit den Schultern. Ihre Gedanken waren längst abgeschweift. Sie kramte in ihrer Tasche.

Der Mann mit Hut

Sitzkreis III

»Was genau ist es denn, was Sie so traurig stimmt?«

Dieser Unfried, ein seltsamer Kauz. Steht wohl auch auf junge, fesche Püppchen. Wie mein Mann, das Arschloch. Alles klar, schwirrte es Laureen durch den Kopf. Laureen musste nicht weiter zuhören. Alles verlief nach Schema F. Mitleid. Verständnis. Trösten. Und ab in die Kiste. Hübsch war sie ja, diese Anna, Hanna oder wie auch immer sie hieß. Hätte ihrem Mann auch gefallen. Der hätte sie ganz sicher gern getröstet. Es musste doch noch etwas von der Schokolade übrig sein, da hätte Laureen drauf schwören können.

»... Wie soll ich das erklären ...«

Laureen tastete gründlich ihre Tasche nach Essbarem ab. Ja, wie hätte er ihr das erklären sollen? Er hatte es ihr gar nicht erklärt. Es hätte auch nichts geändert. Er hatte sie betrogen nach Strich und Faden. Und das mit jedem Strich, der ihm über den Weg wackelte. Na ja, viel gab es ja nicht, womit diese dürren Weiber wackeln konnten. Keine Titten. Kein Arsch. Kein Appetit. Nur der Appetit auf ihren Mann. Besser gesagt auf seine Brieftasche. Diese dummen Schlampen. Hatte jemals eine wirklich geglaubt, mehr für ihn zu sein? Ihm etwas zu bedeuten? Sie waren doch nicht mehr als Objekte für ihn. Er, dieser selbstverliebte Arsch, der auf der Suche nach Bestätigung jedes dieser Skelette fickte, das an ihm vorbeiklapperte. Aber es war vorbei. Nie wieder würde er sie betrügen. Vor allem nicht mit dieser Hanna Irgendwas. Musste man diesem jungen

Ding alles aus der Nase ziehen? In ihren Augen sollte Hanna erleichtert sein. Ja, froh sein, darüber, dass sich jemand nach ihr erkundigte. Dass jemand Interesse an ihr zeigte. Worin auch immer dieses Interesse begründet war.

Sie verstand diese Frauen von heute nicht. Keine Kurven. Keine weiblichen Rundungen. Nannten sie das begehrenswert? Was waren das für Männer? Fanden sie das begehrenswert? Und mehr war es nicht als ein *Das*. Das waren keine Frauen in ihren Augen. Das waren keine Männer in ihren Augen.

»Kjell, wir wollen einander aussprechen lassen. In diesem Raum begegnen wir einander mit Respekt.«

Oh, ganz sicher sogar. Ihr Mann hätte ihr ganz sicher vieles gezeigt. Sie hätte nicht nach Respekt suchen müssen. Ja, er hätte es ihr schon gezeigt. Ein schmutziger Gedanke schoss ihr durch den Kopf und sie grinste. Hastig wischte sich Laureen mit dem rechten Ärmel die Schokolade weg, die eine eigenartige eingespeichelte Mischung ergab, die an ihrem Kinn hinabglitt.

Kjell grummelte etwas Unverständliches in Unfrieds Richtung. Unfried gab ihm keine Antwort. Er stellte sich taub. Reine Absicht – das stand für Laureen fest. Lieber widmete sich dieser ignorante Kerl wieder seinem Block. Ist ja auch leichter, macht keine Schwierigkeiten und stellt keine Fragen. Ein Block redet nicht zurück. Redet gar nicht. Man benutzt ihn einfach. Wie ein dreckiges Stück … Laureen griff beherzt nach der Schokolade. Schokolade war gut. Schokolade redet nicht und stellt keine Fragen. Schokolade benutzt nicht – sie nützt.

Unfried fiel es schwer, bei der Sache zu bleiben. Die ältere Dame – verdammt, er hatte doch tatsächlich ihren Namen vergessen. Er hatte diesen doch irgendwo notiert. Es musste alles im Block stehen. Hier irgendwo zwischen all den Seiten. Er bemühte sich, die Kontrolle zu behalten. So viele Seiten. So viele Notizen. Er hatte längst den Überblick verloren. Nein, nein, er war ein Profi. Kein Anfänger mehr. Er rief sich zur Ordnung. Chaos in seinem Kopf. Er hatte es stets bekämpft. Er brachte es in Ordnung. Er ordnete das Chaos. Er brachte es in Form. In Zeilen. Er quetschte es in Zeilen. In Sätze. In Wörter. In Buchstaben. In diese Kästchen auf dem Block. Er mochte diese karierten Blöcke. Linierte ließen zu viel Platz für Chaos. Seine Klienten – wie er sie nannte – hatten ihm stets vertraut. Darum kamen sie zu ihm und suchten seinen Rat. Sie suchten Wege. Möglichkeiten. Raus aus dem Chaos. Raus aus ihrem Kopf. Der Name, der Name. Er konnte sich tatsächlich nicht mehr erinnern. Im Grunde unwichtig, überlegte Unfried. Was tat der Name eigentlich zur Sache? Schokolade bleibt Schokolade, irrelevant ob Nuss – ganz oder gemahlen –, Nougat, alt oder … Nein, Unfried, mahnte er sich, bleib bei der Sache. Es ist nur Papier, nur Schokolade … Aber es stand in den Regeln und Regeln waren wichtig. Es waren *seine* Regeln. Es war *seine* Ordnung. Hier war kein Raum für Chaos. Hier im Raum wurde nicht gegessen. Verdammt. Sein Raum. Seine Regeln. Seine Schokolade. Er war kurz davor, der alten Schreckschraube die Tasche wegzureißen. Oder Schlimmeres. Ihr einfach den Kopf von den Schultern reißen. Nein, er würde freundlich sein. Freundlich, aber bestimmt. Er würde sie darum bitten, doch endlich mit dem Essen aufzuhören. Aufzuhören damit, in der Tasche zu kramen, zu rascheln, bevor er die Geduld verlieren würde. Bevor … bevor das Chaos über ihn hereinbrechen würde. Es quälte ihn. Er seufzte laut auf, schlug die Beine übereinander und schaute in die Runde.

»… Einatmen …«!

Es klappte nicht. In keinster Weise. In keiner Runde. Zu keiner Zeit. Es war mehr eine abfällige Bestätigung von kollektivem Desinteresse. Doch im Grunde war es völlig irrelevant. Es war nicht mehr als ein Betrug. Doch auch ein Betrug hatte seine Berechtigung. War der Mensch doch ständig damit beschäftigt, sich und andere zu betrügen. Das Leben per se war der größte Betrug von allem. Es betrog sogar den Betrug selbst. Und er merkte es nicht einmal. Seiner Meinung nach war der Betrug viel zu negativ behaftet. Menschen waren süchtig nach Betrug. Es half ihnen dabei, sich selbst zu betrügen. Es half ihm. Vor allem ihm. Also warum etwas ändern, wenn es funktionierte. Natürlich war es legitim, diese Tatsache in Frage zu stellen, zu hinterfragen, aber dies alles würde nur wieder dorthin führen, wo es seinen Ursprung genommen hatte: zum Betrug.

»… wollen die Traurigkeit mit Ihnen teilen.«

Er nahm sehr wohl davon Notiz, dass dieses junge Mädel dem Prototyp einer depressiven Selbstmörderin glich. Ihre Augen verrieten es ihm. Doch hinter dieser Traurigkeit steckte noch etwas. Etwas, das ihn dazu zwang, immer wieder zu ihr hinüberzusehen. Er fand den Namen nicht dafür, wonach er suchte. Doch hoffte er umso mehr, es zu finden. Was soll's, dachte er, im Grunde interessiert es wahrlich niemanden – nicht mal die sprichwörtliche Bohne. Niemanden hier interessierte auch nur irgendetwas. Wer. Was. Wo. Wie. Warum? Und warum auch nicht? Bald würde hier alles in Bedeutungslosigkeit versinken. Nicht etwa, weil es unwichtig war oder uninteressant. Es *war* einfach. Es ist und es wird einfach. Einfach so. Niemand und nichts schert irgendetwas. Es ist alles nur ein Sein. Selbst das Nichtsein.

Unfried hörte es kurz knacken. Entweder sein Kiefer, sein Zahn oder doch Schoko-Haselnuss. Oder, und davon war er am meisten überzeugt, es waren seine Nerven. Es waren ganz bestimmt seine Nerven. Oder – er schaute zu Hanna – es könnten ihre Knochen sein. Hanna konnte ihre Anspannung nicht verbergen. Ihre Beine zappelten.

Laureen biss genüsslich in ihre Schoko-Nuss-Nougat. Wenn das Gerippe weiterhin an ihrer Lippe herumnuckelt, wird nichts mehr von ihr übrig bleiben. Tintenfische, ja Tintenfische aßen sich doch auch selbst auf in Extremsituationen. Laureen überlegte kurz, ob sie Hanna etwas von ihrer Schokolade anbieten sollte. Aber das war ein sehr kurzer Gedanke. Schon im Anflug hatte sie diesen abgewehrt. Es ist aber nur noch so wenig Schokolade übrig. Und … und Dicke mag sowieso keiner. Ich will ja nur ihr Bestes. Und überhaupt, ich bin nicht ihre Mutter, beurteilte Laureen kurzerhand die Situation.

Für Unfried war Hannas Mutter-Tochter-Problem

nichts Neues. Seit es Mütter gab, seit Mütter Kindern Leben schenken durften. Mussten und wollten. Seit …

Er überlegte, ob es nicht oftmals sinnvoller wäre, Kinder von ihren Müttern zu trennen. Von den Eltern. Am besten, die Babys würden gleich nach der Geburt von ihrer Familie getrennt aufwachsen. Wie man es auch macht, er würde nie arbeitslos werden. Warum das Opfer einer Geburt? Warum neue Opfer gebären? Warum Menschen nicht einfach erschaffen? Oder einfach nur klonen? Erschaffen. Klonen. Vorprogrammieren. Aus die Maus. Er blickte durch die Runde. Jeder der hier Anwesenden hatte sein Leben vergeigt. Es hätte absolut nichts geändert, wären sie nie geboren worden. Ihnen blieb nur das Jammern und ihr gequälter Zustand. Würde man es ihnen wegnehmen, was bliebe ihnen? Wozu sie heilen? Wovon? Von dem, wer und was sie sind, was sie glaubten zu sein? Was sie waren? Was sie sein wollten? Von ihrem vordefinierten Sein? Nein, das durfte er ihnen nicht wegnehmen. Sie waren nicht mehr als jämmerliche kleine Figuren, die sinnlos auf einem Spielbrett platziert wurden. Jämmerliche kleine Figuren fallen. Warum? Weil sie jämmerliche kleine Figuren sind und nichts anderes zu tun haben, als jämmerlich und klein zu sein und zu fallen. Es war ihnen nie bestimmt, das Spiel zu bestimmen und ihre eigene Zahl zu würfeln.

Der junge Mann sollte sich besser beeilen, was hatte er hier so lang und breit zu diskutieren mit dem Therapeutendepp, ging es Laureen durch den Kopf, während sie mit den Fingern akribisch ihre Tasche zum wiederholten Male nach Essbarem abtastete. Nur widerwillig begriff ihr Hirn, dass sich der Schokoladenvorrat seinem Ende näherte. Schokostückchen klebten an der Innenseite fest. Sie versuchte es mit den Fingernägeln abzukratzen. Da musste es noch mehr geben. Das konnte doch nicht alles sein. Sie überlegte. Grübelte. Wie sollte sie jetzt weitermachen? Sie musste sich ablenken. Ablenken war das Stichwort. Sie war doch eine Meisterin darin. Sich abzulenken. Von den Geräuschen im Zimmer nebenan. Sich abzulenken. Von dem Stöhnen im Wohnzimmer. Sich abzulenken. Die Flecken auf dem Sofa. Die geöffneten Weinflaschen. Die leeren Weingläser. Der blöde Geschirrspüler hatte es nie zustande gebracht, die Lippenstiftreste zu entfernen. Die schönen Gläser. Sich abzulenken. Vom Spiegelbild. Das war nicht sie im Spiegel. Es war nicht ihr Bild. Nicht das Bild, das sie von sich hatte. Nein, es war ganz anders. Nicht so, wie es den Anschein hatte. Nein, sie belog sich nicht. Der Spiegel war es, der log. Ihr Mann belog sie andauernd. Ihre Waage, dieses Miststück. Wie oft hatte sie die Batterien gewechselt? Die Waage log. Ihr Arzt? Der wollte doch nur ihr Geld. Aufpassen, hatte er gesagt. Aufpassen worauf? Dass sie nicht über die herumliegenden High Heels stolperte oder sich in Büstenhaltern verfing? Ihr Mann hatte ein Faible für große Brüste. Es war ihm nur recht, seinen Damen diesbezüglich nachhelfen zu dürfen. Sie hatten naturgemäß nichts zu bieten, also musste der Schönheitschirurg helfen. Naturgemäß.

Laureen lachte auf. Sie hatte viel davon. Viel von dieser Natur. Doch so viel Natur hatte er wohl nicht vertragen. Dieser Bastard. Ja, er war es. Er war schuld.

Schließlich war er es, der nicht mit so viel Frau umgehen konnte. Schlappschwanz.

Unfried fand, die Runde wurde etwas unrund. Er grinste. Er gratulierte sich zu seinem Wortspiel. *Unrund*. Er spähte zu der alten Tante rüber. Die war ganz gewiss nicht unrund. Körperlich zumindest war sie sehr *rund*. Aber wie hatte er es gelernt, er war nicht hier, um zu bewerten. Er war da, um zu … ja, um den Überblick zu bewahren und den einen oder anderen Zügel straffer zu ziehen. Er musste diese leidige Diskussion beenden.

»Wir sind ein ganz gutes Stück vorangekommen. Ich bin stolz auf Sie alle.«

Es war keine Zeit, sich auszuruhen. Das Rad würde sich stetig weiterdrehen. Und er hatte keinen blassen Schimmer davon, wie man es zum Stillstand bringen konnte. Nur die Gesichter änderten sich. Doch er sah nicht achtsam hin. Die Gesichter. Er wollte nicht hinsehen. Nicht mehr. Die Namen. Er wollte nicht hinhören. Nicht mehr. Die Geschichten, sie wiederholten sich. Eine Drehung ergab die andere. Als ob es einen Unterschied machen würde. Er zeichnete einen Kreis in seinen Block. Erneut. Und erneut versuchte er, den Anfang zu finden. Er erkannte ihn nicht. Und erneut versuchte er, das Ende zu erkennen. Er fand ihn nicht. Immer und immer wieder landete er am gleichen Punkt. Immer wenn er seine Kreise im Block mit seinem Stift nachzog. Jedes Mal, während er versuchte, sich daran zu erinnern, wo er seinen Stift anfangs ansetzte. Er vergaß es. In dem Moment, in dem er sich auf den perfekten Kreis konzentrierte. Es musste besser gehen. Runder. Punktueller. Genauer. Er würde den Anfang finden. Leider überschnitt er sich mit dem Ende. Wieder einmal. Oder vielleicht war er einfach nicht akribisch genug bei seinen Kreisen. Vielleicht ging er vom falschen Punkt aus und sein Ausgangspunkt war bereits sein Endpunkt. Sein Ende. Vielleicht war es genau das, was Kjell und die anderen begreifen mussten.

Kjell und sein Respektproblem. Sein Problem, sich abzunabeln von seiner Familie. Endlich erwachsen zu werden. Es drehte sich im Kreis und so würden sie nie die Lösung finden. Der Punkt war einfach falsch. Alle hier setzten den Punkt falsch. So wie er selbst. Er sah Kjell mit den Augen rollen.

Es gab hier nichts falsch zu verstehen. Unfried interessierte es nicht, wer oder was und wie es jemand gesagt hatte und ob es jemals gesagt wurde. Diese Figuren um ihn herum interessierten ihn nicht im Geringsten. Es war einfach ein Job. Sein Job, den er nicht mal mit einem Funken besten Gewissens erledigte. Wissen? Ja, Wissen hatte er sich angesammelt im Laufe der vielen Jahre. Wie viele Jahre hatte er noch vor sich? Manchmal schien es ihm, als wäre er schon sein ganzes Leben auf diesem verfluchten Platz und als würde er unentwegt in fremde Gesichter starren. Fremde Gesichter, die eines verband: Sie waren alle gleich. Verdammt, er war abgekommen mit dem Stift. Kein Kreis glich dem anderen, doch sie hatten verflucht noch mal genau das zu sein: gleich. Sie waren alle Kreise.

Kjells Stuhl kratzte unangenehm am Boden, als er mit seinem Stuhl etwas nach hinten rutschte.

Da braucht wohl noch jemand etwas für seine Nerven. Ich kann es nur immer wieder betonen: Schokolade. Wissenschaftlich bestätigt. Für Laureen war dies in Stein gemeißelt. Schokolade war Gesetz.

Diese elendigen Kreise Da war nicht genug Platz im Block. Er brauchte mehr Papier, am besten einen neuen Block. Zwei. Unfried schaute Kjell an. Sein Kopf war dabei leicht zur Seite geneigt. Er musste seine Augen zukneifen, als ob er gegen Licht ankämpfen musste. Unfried bemühte sich redlich, in Kjells Gesicht zu blicken, doch je angestrengter er schaute, desto mehr schien das Gesicht vor ihm zu verschwimmen.

Kjell hörte nicht auf, ihn mit allerlei Sichtweisen zu Respekt und dicken Frauen zu bombardieren. Nein, Kjell würde in ihm keinen Verbündeten finden. Es gab nichts zu verbinden. Das Einzige, was Unfried in einer wiederkehrenden Art und Weise mit dem Haufen hier verband, war dieser Raum. Der Raum blieb immer konstant. Der Haufen änderte sich. Es war ein Kommen und Gehen, wie es für Bahnhöfe vorgesehen war und nicht für Therapieräume. Unfried schüttelte seinen Kopf. Er wusste es. Das war nicht gut. Ganz und gar nicht gut, worauf es hinauslief. Er spürte die Präsenz des alten Mannes. Er spürte seine Blicke tief in sich. Es war unmöglich. Unmöglich, rumorte es in Unfried, doch er spürte sie beinahe körperlich. Die Blicke des alten Mannes mit Hut hatten Fühler, die sich durch Unfrieds Haut zu bohren schienen. Es waren Tentakel, mit denen er nach seiner Seele tastete. Sie abtastete. Fangarme waren wohl der Grund, warum der alte Mann nie seinen Hut abnahm. Nein, es tat nicht weh, doch er fühlte sich … Ja, Herrgott noch mal, er fühlte sich vergewaltigt. Er wollte das nicht. Er wollte nicht, dass jemand in ihn eindrang und ihn auf so unverschämte Art penetrierte.

»… wollen wir hier gar nichts, außer, dass wir einander alle lieb haben. Hätten Sie das gern?«

Wie ihn Kjell angaffte! Wie ein Versuchsäffchen vor seiner ersten Behandlung. Rebellen hatte er schon in der Pfeife geraucht und das mehrmals; sogar hintereinander, sogar vor dem Frühstück. Das hatte er. Hatte er doch, oder?

»… ein Kackhaufen hier.«

Es wurde still.

Kein Raunen.

Niemand schaukelte, niemand wippte.

Kein Atmen.

Kein Rascheln von Papier.

Kein Knacken von Schokolade.

Kjell redete sich in Rage. Unter seiner hellen Haut zeichneten sich die Adern genau ab. Es schien, als würden sie gleich platzen. Unfried musste etwas tun. Ihm musste etwas einfallen. Er hatte doch immer einen Plan B, D, E, F oder auch Plan Z. Plan war schließlich Plan.

Unfried fühlte sich beobachtet, doch nur dem alten Mann mit Hut gelang es, ihn aufzuwühlen und so etwas wie Angst aus ihm herauszukratzen. Was sollte das? Seine Ängste waren derart tief begraben, dass nicht einmal er selbst wusste, wo genau ihre Ruhestätte sich befand. Er hatte es wuchern lassen. Grabsteine daraufgelegt. Zubetoniert. Der alte Mann sollte aufhören, sein Grab zu lockern.

Verfickt ... Dieser verfickte Kreis war wieder nicht perfekt rund. Unfried hasste seinen Job. Er hasste das Ganze hier. Er hasste den Raum. Er hasste die Tür und ja, er hasste auch diesen verdammten Block. Auch diese beschissenen Kreise.

Alle schrien nach Hilfe. Laut und deutlich. Alle wollten sie Hilfe. Von ihm. Alle suchten nach Hilfe. Bei ihm. Doch wer ...? Unfried kämpfte seinen Gedanken nieder und zwang sich dazu, seine Arbeit zu tun.

Wer würde ihm helfen?

»Vielleicht interessiert es kein Schwein.«

Und das tat es wirklich nicht. Hatte er schon erwähnt, wie sehr er das Ganze hier hasste? Unfried überlegte ernsthaft, doch noch alles hinzuschmeißen und einfach zu gehen. Was sollte ihm schon groß passieren?

»Möchtest du es denn nicht auch wissen? Interessiert es dich denn gar nicht? Nicht einmal ein wenig? Ein kleines bisschen?«, warf Valerie ein.

Ach herrje, hatte es meinen lieben Gatten je interessiert? Habe ich ihn interessiert? Und hat es ihn verdammt noch mal interessiert, ob noch genug Schokotorten im Haus waren? Genau, er hat sich einen Dreck um das alles geschert. Ich war ihm gleichgültig. Ich hätte verhungern können. Er hätte mich verrecken lassen. Laureen verschluckte sich fast an einem Schoko-Minz-Bonbon. Fetter Arsch? Hatte Kjell sie wirklich einen fetten Arsch genannt? Ihr Arsch war nicht fett. Ihr Mann hatte das nie richtig gesehen, kein Augenmaß. Ihr Hinterteil war wohlproportioniert. Was konnte sie dafür, wenn alles nur an diesen magersüchtigen Models gemessen wurde? Die lutschten höchstens an einem Minzblatt. Was sollte denn das für Freude machen? Laureen überlegte. Ihr Mann hatte ja Freude. Ganz gewiss hatte er die. Am Lutschen. Hätte er sich doch verschluckt an einem seiner dürren Zahnstocher.

Unfried zwang sich, wegzuhören. Doch je mehr er sich von der Runde abkapselte, desto intensiver musste er sich mit sich selbst beschäftigten. Desto intensiver spürte er die Fangarme des alten Mannes. Es ermüdete ihn, dass der alte Kauz sein Grab einfach nicht in Ruhe ließ. Warum musste er sich immer wieder daran zu schaffen machen? Warum durfte er nicht in Frieden ruhen? Und Valerie? Ja genau, die Kleine mit ihren dreckigen Turnschuhen. Sie diskutierte mit Kjell. Was zum Teufel entschuldigte sie sich andauernd? Vor Kjell? Wofür? Es gab kein Richtig. Kein Falsch. Nur diesen verdammten Punkt, nach dem er suchte. Wann war er so besessen geworden nach diesem Punkt? Irgendwann hatte er damit begonnen, vor lauter Langeweile Kreise zu malen in seinen Notizblock. Große und kleine. Runde und weniger runde. Und genau da lag der Hund begraben. Es durfte keine weniger runden Kreise geben. Ein Kreis hatte kreisrund zu sein. Nicht mehr. Nicht weniger. So simpel. Und doch verzweifelte er an dieser Aufgabe, die er sich selbst gestellt hatte. Anfänglich war es für ihn nur ein Zeitvertreib, immer dann, wenn sich Therapiestunden in die Länge zogen und kein Ende in Sicht war. Immer dann, wenn jemand sich gern sprechen hörte. Natürlich, das durfte er. War sein gutes Recht. Dafür war der Raum auch da. Er hatte auch zugehört. Früher. Manchmal. Immer weniger. Immer wieder einmal.

Valerie. Dreckig waren nicht nur ihre Schuhe oder ihr Haar. Ihr ging es augenscheinlich dreckig. Unfried seufzte, diesmal schwang ein wenig Ungeduld mit. Die Stunde dauerte eindeutig zu lange. Wie war das mit Anfang und Ende? Nein, was sollte das, ermahnte er sich. Die Kleine war durch die Hölle gegangen. Da war keine Zeit für einen Friseur. Platz gab es allerdings ausreichend. Auch für Friseure. Es gab kein *Wegen-Überfüllung-geschlossen-Schild* vor dem Höllentor. Aber nur der Klarheit wegen: auch kein *Herzlich-willkommen-Schild*. Wo war er? An welchem Punkt befanden sie sich jetzt? Unfried wurde hellhörig. Valerie öffnete sich. Jetzt fängt die Beste auch noch an. Scheinen ja alle einen Psychotherapiekurs für Dummies mit Philosophie im Nebenfach absolviert zu haben. Valerie war ja augenscheinlich eine ganz Liebe, doch das tat hier absolut nichts zur Sache.

Sie war mutig, stellte Unfried fest, vorlaut, aber mutig. Aber hey, wir haben doch alle genug Platz hier. Unfried grinste in sich hinein. Unter normalen Umständen, so dachte er bei sich, wäre aus ihm ein ganz witziges Kerlchen geworden.

Aber er hatte sich eingebildet, Therapeut werden zu müssen und Menschen zu therapieren. Heute wusste er, dass es unmöglich war, Menschen zu therapieren. Man konnte sie schließlich nicht zeitlebens vor sich selbst schützen. Oder sie hofieren. Ihnen ihr ganzes Leid nehmen. Das – und da war sich Unfried sicher – war eines der undenkbarsten Dinge. Menschen, die zu ihm kamen, wollten ihr Leid. Sie wollten es nicht teilen oder gar loswerden. Sie wollten es für sich ganz allein. Und wehe, es kam ein Unfried und wollte ihnen das Leid abspenstig machen. Dem Leid etwas Luft zum Atmen geben, sodass es Kraft sammeln konnte für seine nächste Reise. Niemand hatte sich je für das Leid selbst interessiert. Wer sagte denn, dass das eigene Leid für immer an einem bestimmten Platz verweilen wollte und nicht gerne selbst die Welt erkunden würde. Und das, schoss es Unfried durch den Kopf, war des Pudels Kern. Es steckte in der Aussage selbst, es steckte im eigenen Leid. Es gab genug von ihm. Das Leid gehörte niemandem. Das Leid teilte gerne. Teilte auch gerne aus; keine Frage. Also was konnte er tun für seine Patienten? Er konnte ihnen beibringen, Stöckchen zu holen und Platz zu machen. Etwas Kuscheln vielleicht – als Belohnung. Ein Leckerli. Kjell? Ihm war bekanntlich nicht nach Kuscheln. Obwohl – das bestätigte Unfrieds langjährige Erfahrung – gerade Menschen wie Kjell es waren, die besonders nach Wärme gierten. Nach innerer Ruhe. Nach Berührung. Nach – so lächerlich es klingen mag – Kjell wollte nichts sehnlicher als Kuscheln. Also doch, bekräftigte Unfried, ein wenig Therapeut steckte doch noch in ihm. Doch was Kjell wollte und nicht wollte – stand hier nicht zur Debatte. Punktum.

Für Laureen waren diese ewigen Entschuldigungs-Debatten nichts Neues. Entschuldigung hier. Entschuldigung da. Hin und her. Ich mach es nie wieder, hatte er gesagt. Sie hat mir nichts bedeutet, hatte er geschworen. Es war nur ein Ausrutscher, hatte er beteuert. Und dann die Mitleidsschiene. Er wäre so einsam gewesen. Hätte Streicheleinheiten gebraucht. War so allein. Er brauchte jemanden zum Zuhören und da *ist es halt passiert.* Gottlob war ihr Magen einiges gewohnt. Im Grunde könnte sie gar nicht so viel in sich hineinstopfen, wie viel sie doch kotzen wollte.

»Ach, und Sie sind der Kapitän?«, wollte Kjell von ihm wissen.

Unfried nickte. Nicken konnte er. Das hatten sie alle gern. Alle liebten es, bestätigt zu werden. Im nächsten Moment kam ihm der Gedanke, dass er gar nicht wusste, wovon die Rede war. Nur nicht ins Fettnäpfchen treten. Oh, oh, das Szenario hier wollte kein Ende nehmen. Kapitän? Unfried hatte keinen Schimmer davon, wie man denn ein Floß zusammenschraubte, geschweige denn ein Boot. Er könnte eventuell eines basteln. Aus Papier. Gleich jetzt. Mit Papier aus seinem karierten Block mit den Kreisen. *Seinen* Kreisen. Unfried zog weiter die runde Linie nach. Längst war die Tinte leer. Die leere Mine scharrte am Papier, bohrte sich immer tiefer in den Block. Es musste doch machbar sein. Unfried schaute in die Runde. Es würde alles in einem Chaos enden. Jeder zappelte und rückte herum. Teilnehmer, die teilnahmslos blickten. Verrückte, die ihre Stühle verrückten. Sein Herz, wie ein Schwamm. Der alte Mann mit seinem Hut. Das wusste Unfried genau. Er war es, der sein Herz ausquetschte bis zum letzten Tropfen dessen, was man Leben nannte. Doch es war sein Leben und niemand hatte daran herumzuschrauben und irgendwas auszuquetschen. Es war doch sein Leben, oder? Der Alte sollte seine Tentakel gefälligst von ihm lassen. Sie hatten in ihm nichts zu suchen.

Valerie? Was interessierte es Valerie, ob sie alle mit dem Schiff untergehen würden. Sie würden untergehen, alle. Alle würden untergehen. Oder von einem Meeresungeheuer gefressen werden. Scheißegal, schwirrte es in Unfrieds Kopf. Unfried waren die Teilnehmer scheißegal geworden. Wie auch die Teilnehmer davor und die Teilnehmer danach ihm herzlich egal sein würden. Hätten sie doch lieber schwimmen gelernt, als bloß Sprüche zu klopfen. Sollen sie sich ihr Boot doch selbst zusammenkleistern. Er selbst hatte keinen Kleber mehr. Die letzte Tube hatten sie ihm gestohlen. Er wollte wirklich. Er hätte es getan. Er hätte alles getan, um dieses gottverdammte Idiotenfloß zu bauen. Er hätte …

»… Aber …«

»… Aber … Spuck es aus, Val!«

Oh ja, Laureen hatte ihrem notgeilen Mann oftmals ihre Meinung vor die Füße gespuckt. Wie hatte er immer und immer wieder beteuert? *Aber, aber. Ich liebe dich, aber … Ich liebe sie nicht, aber … Das ist nur eine Freundin, aber … Ich kenne diese Frau nicht, aber … Ich kenne diese Nummer nicht, aber …* Er hatte sie nie richtig verstanden. Ja, verdammt. Ja, natürlich. Es gab noch Schokolade, aber … Warum war das für ihn so schwer zu verstehen? Sie hätte niemals ihre Schokolade ausgespuckt. Zu kostbar. Zu gut.

Laureen schüttelte den Kopf. Irgendwann siegte die Gleichgültigkeit und er verschwendete keine Zeit mehr für Diskretion. Er fickte seine billigen Flittchen im Ehebett. Er schrie förmlich seine Geilheit heraus. Sie stöhnten. Sie kratzten. Sie bissen. Sie waren wie Tiere.

Das Licht flackerte und riss Laureen aus ihren Gedanken.

Kjell stand und applaudierte. Er klatschte. Laureen verstand die Welt nicht mehr.

Auch Hanna ließ das Schauspiel nicht los. Unfried war überrascht von ihrer harschen Reaktion: »Was ist eigentlich genau dein Problem, Mann? Kannst du uns das bitte erklären?«

Ja, Mann, was ist eigentlich genau dein Problem?, äffte Unfried sie in Gedanken nach. Er wusste die Antwort, aber er wollte es dieser Gruppe nicht verraten. Auch der vorherigen nicht. Und den nachfolgenden schon gar nicht. Sie waren schließlich alle hier bei ihm. Nicht er bei ihnen. Sie waren *h i e r*. Hier wollte zwar niemand von ihnen sein. Und auch niemand anderer wollte sie hier haben. Und genau das war das Problem. Niemand wollte niemanden nirgendwo. Warum hatten sich alle immer auf ihn eingeschossen? Er war es schließlich, der die Arschkarte gezogen hatte. Er selbst wurde dazu genötigt, auf alles eine Antwort zu haben. Er sollte Flöße bauen, ganze Schiffe … Was würde noch von ihm verlangt werden? Er war doch kein Tischler. Kein Schiffsbauer. Er war auch nicht Noah. Wollte niemanden retten vor der Sintflut. Niemand hier war es wert, gerettet zu werden. Hatte ihn jemals wer gefragt, was er wollte? Warum er hier war? Hilfe. Er sollte Licht in ihre Dunkelheit bringen. Keiner sagte etwas davon, dass es strahlen sollte. Es flackerte nur. Es musste reichen.

Unfried beobachtete Kjell bei einer eindeutigen sexuellen Geste in Richtung der dicken Frau. Es reichte, doch Kjell wollte einfach nicht klein beigeben. Unfried sah ihm dabei zu, wie er sich um die eigene Achse drehte und wild mit seinen Armen gestikulierte. Nein, Kjell konnte nicht mit Laureen. Etwas in ihr oder an ihr brachte ihn zum Rasen. Ein altbekanntes Spiel. Es war ein Spiegeln und ein Sich-Widerspiegeln. Es waren Gegensätze, die sich nicht anzogen, und Gleiches, das sich anzog. Unfried versuchte, Kjell zuzuhören.

»… Nie wieder müsste sie den Spott in seinen Augen ertragen. Nie wieder würde dieser Hund sie so ansehen …«

Endlich hielt Kjell für einen Augenblick seinen Mund.

Oh, und wie ich mir gewisse Sachen vorgestellt habe, nur um seinen Spott zu ertragen. Doch nie wieder, gestand sich Laureen ein.

Unfried musste seine Arbeit tun, sonst würde man noch anfangen, an seinen therapeutischen Fähigkeiten zu zweifeln. Und Unfried selbst? Es blieb ihm nichts anderes übrig, als zu verzweifeln.

»Kjell?« Unfried versuchte kompetent zu wirken.

Kjell stand einfach nur da. Seine Augen weit offen. Er starrte einfach in den Raum. Nein, es war nicht die Leere, in die er starrte. Etwas aus ihm war ins Außen gedrungen und hatte sich vor Kjells Augen manifestiert – nur für Kjells Augen.

»Kjell, sind Sie noch bei uns?«, wiederholte Unfried.

Er musste verdammt noch eins hartnäckiger klingen. Wo war sein Enthusiasmus geblieben? Wann genau war er auf der Strecke geblieben? Gute Frage, gestand sich Unfried ein. Wann war er selbst auf der Strecke geblieben? Was scherte ihn der Enthusiasmus …

Unfried zögerte. Hatte ihn Kjell dabei ertappt, wie er … Wusste Kjell davon? War er zu sorglos mit seinem Block umgegangen? Mit angstvollem Blick beobachtete er Kjell dabei, wie er mit seinen Fingern einen Kreis in die Luft zeichnete.

Also doch, er hatte ihn ertappt und seine Kreise entdeckt. Panisch blätterte Unfried in seinem Block. Seite für Seite. Ein fetter Kreis ging durch fast alle Seiten durch. Er musste sorgfältiger arbeiten. Er musste sich zusammenreißen. Er musste Kjell das Wort verbieten. Er musste … Nein, er musste nicht.

Allmählich verfiel Kjell in verächtliches Gelächter. Seine Wortwahl wurde radikaler. Diffamierender.

Er musste etwas tun.

»Hier müssen wir unterscheiden.«

Unfried selbst war von seiner Aussage überrascht. Wem galt diese überhaupt? Unterscheiden … ja, unterscheiden. Ja, es machte keinen Unterschied, wie lange sie noch hier sitzen würden. Es tat nichts zur Sache, ob sie den Raum verließen. Ob sie in Taschen kramten, ob sie ein Lied vor sich hin summten oder … Es war so einerlei. Wieso war das so schwer zu begreifen? Warum unterschied niemand? Er musste was sagen …

»In der Tat.«

Endlich. Unfried spürte Erleichterung – auf eine seltsame, eigene Art war er dem alten Mann mit Hut dankbar für die Wortmeldung.

Bitte, flehte er in Gedanken, sprich weiter. Bitte, sag irgendetwas … Unfried flehte zu jedem, der ihn hören wollte. Gott oder Teufel. Irgendjemand. Irgendetwas. Bitte, sag mir, was soll ich tun? Ich weiß es nicht. Ich kann mich nicht erinnern. Ich kenne diese Menschen nicht. Nichts. Niemand, der ihm beistand. Der ihm aus seiner Misere half. Unfried hoffte auf ein kleines Zeichen.

Der alte Mann strich über seine Hutkrempe. Der Druck um Unfrieds Herz wurde lockerer. Endlich – es glich einer Erlösung, als sich der Mann mit Hut zu Wort meldete. Unfried setzte dazu an, einen schlauen Blick in die Runde zu senden. Doch sein Vorhaben scheiterte kläglich. Unfried fühlte Neid in sich aufsteigen. Dieser Kjell war wohl doch ein schlaues Kerlchen. Zumindest wusste er auf alles eine Antwort. Das müsste er ändern. Er ließ sich nicht einfach so den Rang ablaufen von diesem Choleriker.

Unfried reichte es mit Kjell. Niemand hatte den alten Greis zu beleidigen. Absolut niemand. Wo wäre er selbst ohne ihn? Wo wären alle hier ohne ihn, den alten Mann mit Hut? Unfrieds Stimmbänder wollten nicht gehorchen. Es reichte nur für ein Flüstern. Paradoxerweise überkam ihn ein seltsames Gefühl von Angst. Angst, dieses Boot doch bauen zu müssen. Unfried schwor, sich das nächste Mal mehr zusammenzureißen. So schnell kann alles aus dem Ruder laufen. *Ich kann nun mal nicht gut mit Ruderbooten.*

»… Herr Unfried?«

Unfried erschauderte bei Kjells eindringlicher Frage. Nein, er war hier der Boss und er durfte sich nicht die Blöße geben. Wollte ihn dieser Typ provozieren? Unfried wusste es nicht. Langsam begann auch er an seinem Verstand zu zweifeln.

»… Was tun Sie überhaupt?«

Unfried glaubte Schweißperlen auf seiner Stirn zu spüren. Er hoffte auf eine Einbildung. Würde seine Stirn glänzen, wäre das ein Eingeständnis. Würde er seine Stirn abwischen, wäre es ein Zugeständnis. Für sein Unvermögen. Sein Desinteresse. Seine Angst. Er hob seinen Block vom Knie. Irgendwie war ihm dieser Kreis doch sehr gut gelungen.

»Ja, verdammt, was schmieren Sie ständig darin herum?«

Unfried registrierte Unruhe und Verwirrung unter den Anwesenden. Er registrierte Hanna. Er neigte seinen Kopf ganz leicht in Hannas Richtung. Unauffällig. Glaubte sie wirklich, er würde sie nicht hören? Er hörte sie, nur klappte das mit dem Hinhören nicht.

Unfried räusperte sich. Er war vorbereitet auf solche Fragen. Langjähriges Studium. Praktika. Langjährige Berufserfahrung. Aber auch wenn es nur einstudiertes Blabla gewesen wäre, was solls. Er musste seinen Sätzen einfach nur mehr Gewicht verleihen. Gewicht … er lugte zur dicken Frau. Ja, so wie sie ihrer Situation Gewicht verlieh. So ähnlich. Oder doch anders. Es ging ganz leicht. Unfried musste nichts dafür tun. Er hörte sich selbst reden über richtige Wege, Hilfe, positive Motivation und sonstigen Unsinn, der niemals funktionierte. Unfried hoffte, dass er seinen Text souverän rezitiert hatte. Er hatte ihn zig Male schon vor sich hin gebrabbelt. Natürlich hatte er. Hatte er doch? Oder? Er wollte, aber er traute sich nicht, zu dem alten Mann mit Hut hinzusehen. Er hatte Angst vor den Tentakeln.

Ja, sein Monolog war gut gewesen und hatte seine Wirkung nicht verfehlt. Unfried wusste, dass es nicht mehr lange dauern würde. Er erkannte die Zeichen. Jeder Blinde würde sie erkennen.

Kjell zuckte zusammen. Es war der Vater, der in Kjell wohnte. Es war das kleine Kind, das nie erwachsen werden konnte. »Kjell, Sie sprechen Ihren Vater an ….«

Sachte, sachte. Sehr stürmisch, der Mann. Ein Wirbelwind. Wo wollte er denn hin? Stürmisch waren sie alle auf ihre Art. Meiner lebte seine stürmische Ader auch allzu gerne aus …, erinnerte sich Laureen.

Unfried entging nicht, wie die Gruppenmitglieder ihre Hälse in Richtung Tür streckten. Was erhofften sie dahinter zu erspähen? Unfried verstand es nicht. Da war nichts. Es war auch nicht von Bedeutung, was sich dahinter verbarg. Was vermuteten sie wohl alle hinter der Tür? Es stand ihnen doch frei, zu gehen – nachzusehen. So wie Kjell. Unfried war erleichtert. Endlich hatte Kjell die Runde verlassen.

Unfried bemühte sich, gelassen zu wirken, während er Hannas bohrenden Blick auf sich spürte. Sie schien doch eine von den netteren Exemplaren zu sein. Irgendwie tat sie ihm fast leid. Irgendwie. Fast. Doch er war es nicht, der sie eingeladen hatte, hier teilzunehmen. Er hatte keine Brotkrumen gestreut, um sie hierher zu locken.

Laureen war emsig mit ihrer Tasche zugange.

Worauf sie darin hoffte? Auf einen doppelten Boden? Leerer als leer gab es nicht. Unfried entging Hannas angewiderter Gesichtsausdruck nicht, als die dicke Frau schließlich ein altes, grausliches Stück Schokolade zwischen ihren Wurstfingern hin und her schob. Er konnte Hannas Gebaren nachvollziehen. Es sah nicht gerade sehr appetitlich aus. Weder die Schokolade noch die sehr rundliche Dame. Betonung auf *sehr*, unterstrich Unfried.

Der Mann mit Hut neben Unfried ließ seine Tentakel nun vollends von Unfried. Er streckte seine Fühler stattdessen in Richtung der dicken Frau aus. Das war gut. Sehr gut für Unfried. Er musste den Kreis besser hinbekommen. Für Unfried war die Sache fast so gut wie erledigt. Bald hatte er seine Schuldigkeit getan. Allmählich fühlte er die Müdigkeit in sich aufsteigen, wurden die Figuren um ihn undeutlicher. Konturen um ihn verschwammen – wurden schwammiger. Die Kreise wurden unrunder. Er musste wirklich wieder einmal schlafen.

Hanna sprach und Unfried nickte. Ein Nicken, ohne auf ihre Worte näher einzugehen. Besser gesagt, ohne dass ihr Sinn bis zu ihm vordrang. In seinem Kopf war kein Raum mehr. Er hatte die Wörter gehört, aber es erschloss sich ihm daraus kein Zusammenhang. Er musste doch etwas sagen. Er musste doch eine Antwort darauf finden. Ihm fiel partout nichts ein. Nichts, das es wert wäre, in Worte gefasst zu werden.

Der Mann mit Hut antwortete: »Wir müssen lernen, zwischen Wahrheiten und Realität zu unterscheiden.«

Unfried hatte wirklich versucht zu zählen, wie oft Hanna die Augen schon verdreht hatte. Doch er hatte es aufgegeben. Wie so vieles. Wie so oft. Valerie schien es wohl am besten von allen zu gehen. Sie war ganz in ihren Träumen. Sie war am Meer und hatte nichts als Meeresrauschen im Sinn. Sie liebte wohl das Wasser. Sie hätte ihre Schuhe ein wenig ins Wasser tauchen sollen, aber was half es jetzt, sich über schmutzige Schuhe aufzuregen. Valerie war gerne am Meer. Auch wenn ihr jetzt auch nur Erinnerungen blieben. Umso besser. Mehr brauchte es nicht. Hanna verdrehte abermals die Augen, als Valerie erneut in ihr Summen verfiel. Es beunruhigte ihn nicht im Geringsten. Er kannte dieses Lied. Er konnte sich zwar nicht erinnern an das *Wer* oder *Was,* geschweige denn das *Wann* und *Wo.* Manchmal – sehr selten – fast nie, bedauerte er es, nicht mehr Ehrgeiz entwickelt zu haben. Dass er kein Interesse an den Teilnehmern zeigte. Nie gezeigt hatte. Oder? War es jemals anders gewesen? Vielleicht, in einer anderen Welt. Einer anderen Wirklichkeit. Eine andere Wahrheit, die er sich zusammengezimmert hatte. Damals. Vielleicht hätte er damals auch ein Floß bauen können.

Und da sprudelte es aus ihm heraus: »Die Wahrheit steckt in uns allen. Wir alle tragen Stücke davon in uns. Wir sollten hinhören. Aufhören zu suchen und einfach nur unseren Sinnen vertrauen.«

Für Unfried stand eines fest: Viele redeten um des Redens willen. Doch es fanden sich immer wieder einige Exemplare, die redeten um des *Hörens* willen. Verrückt. Langsam stellte er sich die Frage, wer denn die schützende Hand über solch Verrückte halten würde, wenn nicht er. Konnte er sie einfach so ziehen lassen? Ja, er konnte es.

»Das Leben ist Ihnen egal?«

Es war vieles egal, wenn es genug Schokolade gab. Oder Flittchen für ihren Gatten. Was machte es für einen Unterschied, ob Schokolade oder Nutten? Laureen biss beherzt von ihrem Schokoriegel ab.

Unfried legte seine Neugier offen. Oh ja, er wurde neugierig. Er hatte eine Wette laufen mit sich selbst. Wie lange würde es diesmal dauern, bis die Neugier sich in Gier umwandelte?

»Wie fühlt sich was an?«, schnauzte ihn Hanna an.

Himmel, eben dachte er, die Magersüchtige wäre ganz okay und dann dieses Zeter und Mordio. Unfried war diese ewigen Erklärungen leid.

Hanna äugte zu der dicken Frau. Was starrt mich denn der Hungerhaken so an? Soll sie doch hungern. Laureen war sicher, in Hanna eine der Nutten ihres Mannes wiedererkannt zu haben. Ja, sie hatte beide damals erwischt. Doch, das war sie. Genau. Diese Anna oder Hanna war ihr doch gleich so suspekt vorgekommen.

Möglichkeiten gäbe es da reichlich, es muss endlich aufhören, ging es Unfried durch den Kopf. »Es sollte wirklich bald Schluss sein mit diesen Spielchen.«

Spielchen, ja, Spielchen hatte mein Verflossener auch gerne gespielt, sinnierte Laureen, schmutzige Spielchen. Die hätte ich ihm schon viel früher austreiben müssen. Dachte er wirklich, ich würde dies ewig dulden? Nur Schokolade reicht über die Ewigkeit hinaus.

»Ich komme gleich wieder.«

Wo wollte das Klappergestell hin? Wollte sie nicht warten? Noch auf ein Frühstück bleiben? Warum so zickig? Ihr Mann würde ja auch kommen. Mit all seiner Männlichkeit. Ja, schreien konnten sie alle. Stöhnen auf Kommando. Sie konnte die Uhr danach stellen. Zumeist zwei Tafeln Schokolade und drei Cremetörtchen später kamen sie alle. Wo rannte sie hin? Dachte, sie wollte wiederkommen. Wollte sie auch. Ganz sicher. Zu der prall gefüllten Geldbörse ihres Göttergatten. Doch zu spät. Er war längst gekommen. Nur diesmal mit einer Konkurrentin. Noch dürrer. Noch klappriger.

Hanna verschwand aus dem Raum. Es kam einer Flucht gleich. Die dicke Frau zuckte uninteressiert mit den Schultern. Ihre Gedanken waren längst abgeschweift. Sie kramte in ihrer Tasche. Es musste noch etwas da sein! Ein Bonbon. Es war schon aufgeweicht. Sie hatte wohl die Limo in der Tasche verschüttet. Wie hieß es? In der Not frisst der Teufel Fliegen? Oder besser, ja, vielleicht wäre es besser gewesen, ich hätte den Teufel gefressen, als ich noch die Chance dazu hatte. Aber es ist ja nicht zu spät. Gleich danach. Nach dieser Sitzung.

»Gibt es eigentlich einen Snackautomaten im Flur? Ich bin gleich wieder da. Mein Zucker ist unten, wissen Sie?«

Kaum hatte Laureen die Worte ausgesprochen, war auch sie verschwunden. Hinter der Tür. Im Flur. Im diffusen Licht.

Auf dem Sessel lag Laureens Tasche. Vergessen.

Sitzkreis IV

»Was genau ist es denn, was Sie so traurig stimmt?«

Traurig? Warum sollte hier überhaupt jemand traurig gestimmt sein? Valerie fühlte sich ganz und gar nicht traurig. Keine Spur davon. Das, was sie fühlte, war bloß Müdigkeit. Diese Art von Müdigkeit, die Ruhe im Schlepptau mit sich führte. Sie breitete sich in ihrem Körper aus, machte ihre Glieder schwer. Valerie genoss diese Ruhe und verfolgte Bahnen in ihrem Gehirn, die nur in eine Richtung befahrbar waren. Doch keine Einbahnstraßen. Keine Sackgassen. Nein, nur solche Wege, die sie ans Ziel brachten. Valerie hatte nur eines zu tun: nicht von der Bahn abzukommen. Ja, nicht auf die schiefe Bahn zu geraten.

Der Stuhl war unangenehm. Er bot ihrem Körper keine Möglichkeit, bequem zu sitzen. Die alte Frau neben ihr kramte in ihrer Tasche. Valerie verspürte ein klein wenig Hunger. In der Tasche war augenscheinlich genug, um die ganze Runde hier für einige Zeit über Wasser zu halten. Aber besser nicht. Sie hatte schließlich genug auf den Rippen. Hanna links neben ihr, sie könnte auf alle Fälle ein paar Kalorien vertragen. Wie schaffte sie es bloß, ihr Gewicht zu halten? Valerie selbst gelang es nur unter strikter Selbstgeißelung, ein paar Kilos abzuspecken, doch – so schnell konnte sie die Kalorien gar nicht zählen – waren sie flugs wieder drauf, und zwar in doppelter Zahl. Sie war einfach nicht stark genug, Diäten zu halten. Kaum hielt sie ein paar Tage durch, tappte sie schon wieder in die Fressfalle. Es lag sicher an Hannas Mann, der sie unterstützte. Welcher Mann wollte keine hübsche Frau an seiner Seite? Wenn das nicht Motivation genug war, dann wusste sie es auch nicht. Nicht, dass sie viel wusste oder gar die richtigen Entscheidungen traf. Aber Gott sei Dank traf sie immer auf die richtigen Menschen, die ihr halfen, in der Spur zu bleiben und das Richtige zu tun. Sie war ihnen sehr dankbar dafür. Sie schämte sich nicht dafür, Hilfe anzunehmen. Sie konnte nicht selbstständig leben. Sie wusste einfach nicht, wie es ging. Wie ein kopfloses Huhn. Jemand musste sie in die richtigen Bahnen lenken.

Valerie konnte ihre Augen kaum noch offenhalten. Warum redete hier niemand leiser? Sie wollte doch nur ein wenig die Augen schließen. Nicht schlafen, nur ein wenig dösen. Etwas träumen. Was gäbe sie jetzt für ein Bett. Ein ganzes Königreich. Es musste kein Bett sein. Nur eine Decke mit einem Polster. Am Boden. Neben dem Bett. Sie verdiente es nicht immer, im Bett zu schlafen. Ihr Freund schaute darauf. Er schaute auf sie, damit sie stets wusste, wo ihr Platz war. Er achtete darauf, dass sie das bekam, was ihr zustand. Das, was sie verdiente.

»… Wenn ich als Kind mehr geliebt worden wäre …«

Für Valerie eines der wichtigsten Dinge im Leben. Der Sinn des Lebens per se: Liebe. Liebe war die Antwort auf alle Fragen. Warum wollte Kjell davon nichts hören? Warum er auf die Liebe so argwöhnisch reagierte, war Valerie nicht klar. Er fiel dem Therapeuten immer wieder wirsch ins Wort. So würde ihn doch niemand mögen. Valerie hatte Mitgefühl mit Hanna.

Sie versuchte wohl dem Therapeuten etwas begreiflich zu machen. Doch vergeblich. Es war Hanna augenscheinlich wichtig, dass er es begriff, doch so richtig hörte Hanna niemand zu. Sie tat ihr leid und entschuldigte sich innerlich dafür, selbst nicht dazu in der Lage zu sein, zu helfen. Valerie hätte gerne intensiver zugehört, sie bemühte sich inständig. Doch das Gefecht gegen ihre Müdigkeit forderte seinen Tribut. Sie kämpfte dagegen an, nicht kopfüber nach vorne zu kippen und sich womöglich auf dem harten Boden den Schädel aufzuschlagen. Unruhe breitete sich im Raum aus. Wahrscheinlich würde es niemandem auffallen, wenn sie einschliefe in all dem Gebrabbel. Vermutlich würde es ihnen nicht einmal auffallen, wenn sie kopfüber stürzen und tot am Boden aufschlagen würde. Keiner passte hier auf sie auf.

Unfried seufzte laut, während er seine Beine übereinanderschlug. Auch er schaute müde in die Runde. Es mussten doch irgendwo Matten herumliegen. Diese Yogamatten oder wie sie auch hießen, ging es Valerie durch den Kopf.

Hanna links neben ihr war so furchtbar zappelig. Ihre Beine standen keine Minute still. Sie ist so dünn, ein Strich in der Landschaft. Für Valerie war sie gerade die schönste Frau auf Erden.

»… bei der Geburt … sterben …«

Wessen Baby war gestorben? Hannas? Verweigerte sie aus diesem Grund das Essen? Bestrafte sie sich damit selbst? Sie entbehrte allem, um ihre Schuld besser ertragen zu können.

Valerie war schockiert. An so etwas hätte sie nie

gedacht. Schlafen konnte sie später. Sie musste für Hanna da sein.

Sie legte den Arm um Hanna: »Süße, es tut mir so leid …«

Irgendwie musste sie ihr doch helfen. War das nicht der Job der Frau mit der Schokolade? Sie war sicher Mutter und wusste, was zu tun ist. Valerie verstand nicht im Geringsten, warum diese doofe Frau nichts tat. Sie war nur damit beschäftigt, in der großen Einkaufstasche zu wühlen. Sie litt unter Fettleibigkeit und unter Esssucht, das war offensichtlich, doch was hatte das mit Hanna und ihrem toten Baby zu tun? Konnte ihre Schokolade nicht warten? Sie würde wohl nicht vom Fleisch fallen.

Was würde ihr Freund jetzt machen? Er würde die Olle an die frische Luft setzen. Für Valerie gab es keine Alternative. Sie mussten alle an die Luft. Sie saßen schon viel zu lange hier zusammen. Die Luft war stickig. Das Licht verbarg mehr, als es preisgab. Hanna musste auf andere Gedanken kommen. Valerie blinzelte in die Runde. Kein einziges Fenster, nur dieses indirekte Licht. Aber das war okay so. Es machte zwar müde, aber es tat den Augen nicht weh. Ab und zu flackerte es, kam es Valerie vor. Generell gab es hier ein Problem mit dem Licht. Das Licht im Flur ging auch nicht richtig. Ganz schwach nur. Aber der Boden war schön. Gepflastert, wie es schien. Sehr alt. Sehr schön. Nicht so hässlich wie sie. Sie schämte sich für ihre schmutzigen Schuhe und versuchte, ihre Füße so weit wie möglich unter die Sitzfläche zu schieben.

»… Jeder von uns hat hier seinen Raum.«

Ja, ich hätte jetzt gerne einen Raum zum Schlafen, schoss es Valerie durch den Kopf. Ja … und vielleicht würde sie ihr Zimmer sogar teilen. Oder ihr Bett. Zumindest ihre Yogamatte. Ihre Decke. Oder auch ein ganzes Königreich.

Valerie faszinierten Unfrieds Augen. Er schien generell den Kopf gern geneigt zu halten. Immer dann, wenn er nicht in seinen Block vertieft war. Seine Augen hielt er stets leicht zugekniffen, als ob ihn jegliches Licht stören würde. Vielleicht sah er einfach nur schlecht – brauchte eine andere Brille. Oder er war einfach nur müde. Nicht nur sie hatte spürbar mit Müdigkeit zu kämpfen. Es gab jedoch Menschen, denen wurde nachgesagt, mit offenen Augen zu schlafen. Genau. Vielleicht war es genau das. Valerie hätte auch gerne dieses Talent.

Unfried und Kjell lieferten sich ein hartes Duell. Ein Duell der Alphatierchen. Es schien, als wollte keiner der beiden nachgeben. Sie starrten sich als Gegner an. Schätzten die Stärke des jeweils anderen ein. Valerie mochte das. Sie mochte starke Männer. Sie musste besser zuhören. Sie mochte es, wenn ein starker Mann den Ton angab. Sie fühlte sich zu diesen Männern hingezogen. Nein, sie taten ihr nicht gut. Das war zumindest die Meinung ihrer Therapeutin.

Sie musste sich davon loslösen, meinte ihre Therapeutin. Sie hätte Besseres verdient, meinte ihre Therapeutin. Sie sollte mal auf den Putz hauen, meinte die Therapeutin. Nicht nur im Privatleben, auch in ihrem Job. Sie war ein wichtiges Mitglied der Gesellschaft, meinte die Therapeutin.

Es war aber alles nur die Meinung ihrer Therapeutin. Viele Meinungen, die Valerie nicht mit ihr teilte. Was wusste ihre Therapeutin schon? Sie hatte keine Ahnung von dem, was gut für sie war. Ihre Therapeutin war doch selbst zweimal geschieden. Also, was hätte sie ihr über die Männer beibringen können?

»… Hätten Sie das gern?«

Valerie hätte das für ihren Teil sehr gerne gehabt. Und ihn, Kjell.

»… habe keinen Bock auf Gruppenkuscheln …«

Valerie hatte Bock. Sie würde sehr gern mit Kjell kuscheln. Mehr als das. Sie würde ihm helfen, wieder Zuneigung zuzulassen. Sie würde seine Sehnsucht stillen. Ihn lieben, auch dann … vor allem dann, wenn er sie abweisen würde. Genau dann, wenn er sie am meisten brauchte und es nicht zugeben wollte. Das konnte kaum eine andere Frau ihm geben. Männer wie Kjell konnten es sich nie eingestehen, gestanden es sich nie ein, dass sie Fürsorge einer Frau brauchten. Sie wurden launisch, aggressiv, neigten zu Gewalt, nur um davon abzulenken. Doch Valerie hatte dieses Spiel längst durchschaut. Nein, man konnte sie nicht täuschen. Nicht mehr.

Valerie würde ihm Platz machen. Sie würde zur Seite rücken, er könnte ihren Platz haben. Vielleicht sollte sie ihn ansprechen. Sich bemerkbar machen. Ihm ein Zeichen geben, dass sie für ihn da war. Dass sie ihn verstand. Er würde über sie verfügen können. Es würde ihm gut gehen bei ihr. Ihr würde es gut gehen. Sie müsste nicht denken, sich nicht ablenken. Sie müsste nicht um ihren Platz kämpfen. Sie wäre sicher dort.

Valerie fasste sich und unterbrach Kjell in seinem Redeschwall. Sie sollte sich dafür ohrfeigen. Warum war sie immer so vorlaut? Sie durfte sich nicht immer einmischen. Kjell war ein ganzer Mann. Er wusste, was Sache war. Das war nicht ihre Aufgabe. Sie hatte nur dafür zu sorgen, dass es ihm an nichts mangelte. Sie hatte nicht immer ihre Nase in fremde Angelegenheiten zu stecken. Das hatte man ihr schon zur Genüge versucht mitzuteilen. Kjell war erwachsen. Er war klug.

Valerie war erstarrt. Sie wusste nicht, welche Reaktion die richtige war.

»Nein, Val … oft ist hässlich und fett einfach nur hässlich und fett.«

Ja, das war sie. Sie war hässlich. Ohne Zweifel. Sie musste ihm seine Dankbarkeit dafür zeigen, dass er Notiz von ihr genommen hatte. Das war mehr, als sie sich erhofft hatte in der kurzen Zeit, in der sie sich kannten. Valerie hatte das Gefühl, als würden sie sich schon lange kennen. Sie hatte ihn gesehen und es war um sie geschehen. Sie wollte für ihn da sein. Sie wollte die Seine sein. *… es tut mir ehrlich leid. Dass ich so hässlich bin,* donnerte es in Valeries Kopf.

»Nein, Val, nein. Es gibt nichts, was dir leid tun muss …«

Konnte es sein …, überlegte Valerie. Konnte es wirklich sein, dass Kjell sie doch ein wenig mochte? Sich zu ihr hingezogen fühlte? Dass sie ihm zumindest nicht gänzlich unsympathisch war? Vielleicht gefiel sie ihm sogar. Nein, das tat sie nicht. Sie war hässlich. Ihre Haare waren hässlich. Keine Zeit, sie zu waschen. Es mangelte ihr an Disziplin und an Organisation. Sie bekam nichts auf die Reihe. Andere verstanden nicht, wie das war, hilflos und überfordert in der Gegend herumzustehen. Wie man sich nutzlos fühlte, ohne jeglichen Sinn. Warum sie bei den Männern blieb, die ihr sagten, was zu tun war. Sie brauchte das. Vor allem wusste sie nicht, wie es zu tun war. Den anderen fehlte allesamt die Vorstellung, also sollten sie gefälligst die Klappe halten. Wie sie es auch tat, wenn sie von etwas keine Ahnung hatte. Ihre Nase war zu groß. Ihre Zähne zu schief, der linke Schneidezahn fehlte. Ihre Lippen zu schmal. Ihre Ohren standen weg. Hanna neben ihr hingegen, ja, sie war hübsch und sie war dünn. Sie konnte sicher jeden Mann bekommen. An jedem Finger hingen gewiss zehn Männer. Sie rannten ihr sicher die Bude ein. Und dann ließ sie sich einen Braten in die Röhre schieben, rein aus egoistischen Gründen. Ganz sicher war es so. Hanna war eine Bitch. Eine Frau, die es gewohnt war, dass Männer sie hofierten und ihr jeden Wunsch von den Augen ablasen, ohne dass sie dafür auch nur einen Finger krumm machen musste. Ohne dass sie dafür eine gescheuert bekam. Und Hanna? Sie nutzte diese Männer schamlos aus und machte sich ein schönes Leben auf deren Kosten. Verprasste ihr Geld, wohnte in einer schicken Etagenwohnung. Ja, so war es ganz sicher. Es gab keine andere Möglichkeit.

Kjell hatte sicher keine leichte Kindheit. Die große Narbe oberhalb seiner linken Schläfe war Zeuge davon. Ob es noch immer wehtat?

»Mein wunder Punkt? Mir tut nichts weh …«

Natürlich tat es ihm weh. Davon war Valerie überzeugt. Er hatte große Hände, mit denen er fest zupacken konnte. Ob er damit auch zärtlich sein konnte? Natürlich, Valerie schüttelte den falschen Gedanken von sich. Natürlich konnte er zärtlich sein, wenn sie es verdient hätte. Zärtlichkeit und Anerkennung musste man sich erst verdienen. Es wurde einem nicht einfach zuteil. Einfach so, nur weil es den Begriff dafür gab.

Ihre Therapeutin wollte oder konnte es nicht verstehen. Ihr machte es nichts aus, ab und zu ein paar Ohrfeigen zu kassieren. Das war wirklich sehr selten. Und wenn, dann war sie selbst schuld, da sie nie bei der Sache war. Zu schlampig. Nicht ehrgeizig genug. Schließlich riss jedem Mann einmal der Geduldsfaden, wenn er sie zig Male zurechtweisen musste. Das war halb so schlimm. Immerhin war ihr Freund in der Lage, sich zu entschuldigen, falls er mal über die Stränge schlug. Aber wie gesagt, es machte ihr nichts aus und es geschah immer verdient. Verdient. Es war alles in Ordnung. Sie fand ihren Frieden darin. Sie war gern an ihrem Platz. Das war mehr, als so mancher von sich behaupten konnte. Sie war keine Suchende mehr. Und das nicht erst, seit sie fast ertrunken war als Kind. Ihr Onkel hatte sie unter Wasser getaucht, weil sie nicht hören wollte. Er war weggeschwommen und hatte sie allein gelassen. Valerie hatte sich nicht gewehrt, auch nicht als sie immer tiefer im Wasser versank. Damals hatte sie es zum ersten Mal gehört. Anfänglich konnte sie das Rauschen nicht einordnen, doch es entpuppte sich rasch als eine Melodie. Eine Melodie des Wassers. Die Melodie des Meeres. Sie wurde lauter, eindringlicher. Fast schmerzte es … Ihr Onkel hatte sich danach ehrlich bei ihr entschuldigt. Er hatte ihr nur eine Lektion erteilen wollen, die sie nie vergessen sollte. Und das hatte sie nicht. Sie hatte diese Melodie nie vergessen. Sie fand Kjell klasse, doch dieser Unfried war nicht so sehr ihr Typ. Ganz und gar nicht ihr Typ. Seine Augen, ja, die waren interessant, doch er als Person war gänzlich uninteressant für sie. Uninteressant wie ihr Leben. Erzählungen aus ihrer Vergangenheit würden niemandem helfen, da hatte Kjell recht. Wertloses Gequatsche. Wertlos … wertlos. So wie sie sich fühlte. Einfach wertlos. Wertlos in die Ecke gestellt und nur bei Bedarf von Nutzen.

Valerie blickte beschämt auf den Boden.

Wie sahen bloß ihre Schuhe aus? Hanna waren sie sicherlich aufgefallen. Was musste Hanna bloß über sie denken? Über Valerie selbst. Aber … aber es hatte geregnet. Viel geregnet. Das Wasser war ihr ins Gesicht geklatscht. Überall war Wasser. Ihre Schuhe waren nass geworden.

Unfried wollte ein Schiff bauen. Soso, wiederholte sie sich. Gemeinsam mit Kjell wollte er das tun. Unfried? Ernsthaft? Für Valerie sah er nicht sehr kompetent aus. Weder als Therapeut, geschweige denn als Schiffsbauer oder, Gott bewahre, als Kapitän. Ein Schiff führen konnte nur eine starke Persönlichkeit. Eine Autoritätsperson. Ohne Zweifel an sich und seinem Weg. Unfried? Er machte eher den Eindruck, als spränge er als Erster von Bord, wenn das Schiff sinken sollte. Nicht ohne seinen Block, versteht sich, den er sichern musste – am besten wasserfest verschweißen.

»… Aber …«

»… Aber … aber – was stotterst du so rum, Val, was ist *aber?* … Spuck es aus, Val!«

Was erwartete er nun von ihr? Sie dürfte jetzt nichts Falsches sagen. Sie musste Kjell von sich überzeugen.

»… Ich wüsste gern, wo ich hingehöre. Wo mein Platz ist.«

»Val, nur Hunde haben ihren Platz. Bist du ein Hund, Val?«

Warum schaute Kjell sie so fordernd an. Sie verstand nicht. Was wollte er von ihr? Sie hatte ihm doch gesagt, dass … Sie hatte ihm geantwortet. Es war die falsche Antwort. Ungenügend. Setzen. Valerie schüttelte den Kopf. Das durfte nicht sein.

Das Licht im Raum flackerte wieder. Valerie kam ins Grübeln. Irgendjemand müsste doch das Licht austauschen, es reparieren oder irgendetwas tun. Es war kaputt. Es flackerte. Es nervte.

Warum klatscht Kjell jetzt? Lacht er mich aus? Was hatte sie verpasst? Sie wollte doch nicht wieder den Faden verlieren. Sie wollte Kjell nicht verlieren. Es hatte doch so gut angefangen. Sie brauchte ihn. Ihr Freund hatte sie verlassen. Sie war allein. Ganz allein. Er hatte sie rausgeschmissen. Vor die Tür gesetzt. Für immer. Nein, es war die richtige Entscheidung. Sie hatte Fehler gemacht. Zu viele Fehler. Das konnte kein Mann sich erlauben. Kein starker Mann. Ein starker Mann brauchte eine Frau, der er vertrauen konnte.

»Danke, Kjell … Küsse.«

Wer schickte Kjell Küsse? Nur sie durfte ihn küssen. Er gehörte ihr, verdammt noch mal. Weder dieser Dürren noch dieser Alten. Nur sie allein konnte ihm das geben, wonach er sich sehnte. Ihre Konzentration galt Kjell. Wie er sich mit Unfried anlegte. Er wirkte so stark und so männlich. Kjell war ein Kämpfer und Beschützer. Sie ließ seine große und kräftige Statur auf sich wirken. Unfried hingegen wirkte klein und zerbrechlich. Und so, wie er die Beine übereinanderschlug, wirkte er noch bedeutungsloser. Seine ersten schütteren Haarpartien machten ihn wohl älter, als der Therapeut es selbst wahrhaben wollte, dachte Valerie. Die Brille hatte ein dickes, dunkles Gestell und unterstrich sein langweiliges Beamtengesicht. Hatte er ihr wirklich gefallen? Seine Augen? Sie hatte sich geirrt – nein, er war kein Alphatier.

»… Ich möchte nochmals betonen, die alte Schabracke hat Eier.«

Oh, ganz sicher sogar. Unfried hatte keine Eier. Für Valerie stand dies fest.

»Kjell?«, tönte es in Valeries Ohren.

Kjell, bitte, was ist los? Was konnte sie tun für ihn? Zeig es ihm! Zeig ihm, wer der Mann im Haus war! Zeig ihm, wer das Sagen hatte! Kjell rührte sich nicht. Er wägte ab, ob er Unfried angreifen sollte oder nicht. Das war es, was er tat, davon war Valerie überzeugt. Das besänftigte sie.

»In der Tat.«

Was hatte dieser alte Mann zu melden? War er zu feige, um den Hut abzunehmen? Hatte ihm wer ein blaues Auge verpasst? Es würde mich nicht wundern. Nicht jeder, der eine Sonnenbrille trug, versuchte sich vor dem Sonnenlicht zu schützen.

Wer hat dich nach einer Meinung gefragt, wiederholte Valerie in Gedanken. Valerie wusste, ihre Meinung war unwichtig. Sie machte und tat, wie man es von ihr verlangte, und nicht einmal das konnte sie zur Zufriedenheit erledigen.

»In der Tat«, wiederholte der Mann mit Hut.

In der Tat. In Valeries Kopf rumorte es.

Valerie wurde traurig. Plötzlich und unerwartet. Warum sein Sinneswandel? Wo ist ihr ein Fehler unterlaufen? Hat sie es nicht richtig verstanden? Kjell hatte es doch soeben bestätigt. Es interessierte ihn nicht. Sie interessierte ihn nicht. Nichts interessierte ihn.

Keine Kameras, bitte. Einmal nur, es war nur einmal, da hatte sie den Fehler gemacht. Er hatte ihr versprochen, es würde sonst niemand sehen. Er beschwor sie förmlich und flehte sie an, ihm damit eine Freude zu bereiten. Nur er würde sich das Video ansehen, immer dann, wenn er sie vermisste. Ob sie das für ihn tun würde? Natürlich würde sie. Natürlich hatte sie.

Sie hörte Unfried räuspern. Worüber sprach er da bloß? Was sollte sie verarbeiten? Vergangenes? Ja, sie war wohl ein paarmal ins Fettnäpfchen getreten. Mehr als das, förmlich darin untergegangen war sie. Schmerzen? Ja, natürlich hat es wehgetan, aber sie hatte es ja schließlich selbst so gewollt. Zumindest hatte sie es sich so ausgesucht. Sie hatte die Männer ausgesucht.

Valerie zuckte zusammen. Was schrie Kjell so?

»… Niemand wird mir mehr gebieten, was ich zu

tun habe und was nicht!«

Valerie war ergriffen. Für einen Augenblick dachte sie, einem Irrtum zu unterliegen. Nein, er ließ sich wahrlich nichts vorschreiben. Sollte sie ihn umarmen? Ihm gut zusprechen? Er könnte ihr alles erzählen. Er könnte alles … ja, alles mit ihr machen.

Nein, bitte, bleib … Valeries Herz blieb stehen – doch Kjell verschwand hinter der Tür. Das diffuse Licht hatte ihn verschluckt. Die Tür fiel mit einem großen Knall zum zweiten Mal in ihr Schloss.

Wo war er bloß hin? Valerie wollte und konnte ihren Augen nicht trauen. Kjell war einfach weg. Sein Platz war leer. Wie, bitte, wie konnte er ihr das antun? Dieses miese Schwein. Nein, *sie* war es. Sie hatte einen Fehler gemacht. Doch sie konnte diesen Fehler nicht wiedergutmachen, nicht wahr?

Unfried wirkte gelassen und unbekümmert. Doch für Valerie war klar, dass er dies nur vorspielte. In Wirklichkeit war er heilfroh, dass Kjell gegangen war. Kjell hatte diesen stupiden Haufen nicht mehr ausgehalten und hatte das Weite gesucht. Warum hatte er sie nicht mitgenommen? Auch sie wollte wissen, was oder wer hinter dieser Tür steckte und wohin der Weg dahinter führte. Darüber hatte Unfried keine Silbe verloren. Mit starrer Miene starrte sie auf die Tür. Gebannt. Sie wollte durchschauen. So wie Superman mit seinem Röntgenblick. Oder besser Super*girl*. Die hatte doch sicher auch einen Röntgenblick. Ja, sie konnte es nun deutlich sehen. Das viele Wasser hinter der Tür. Doch es hatte nichts Beängstigendes an sich. Ihre Augen brannten; sie zwinkerte.

Der alte Mann neben der Tür strich bedeutungsvoll über seine Hutkrempe.

»Manchmal sucht man einfach an den falschen
Plätzen nach der – nennen wir sie – Wahrheit …«

Wahrheit war ein Gefühl. Valerie liebte das Meer.
Es schaukelte so schön. Es war sanft. Es beruhigte sie.
Ich liebe es. Das Meer sang so schöne Melodien. Sie
kannte längst noch nicht alle. *Row, row, row your boat …*

»… Valerie neben mir? Die bekommt doch gar
nichts mit von dem, was um sie herum geschieht. Fan-
tasiert von Wasser und Wellen. Wohl zu viel Sand geraucht. Weiß nicht, was die nimmt. Wohl das gute
Zeug. Oder die dort?«

»Ich komme gleich wieder.«

Row, row, row your boat … Ihre Mutter hatte es ihr
damals vorgesungen. Damals, als Kind. Immer dann,
wenn sie schreiend und weinend in der Nacht aufgewacht war. Nur die sanfte Stimme ihrer Mutter konnte
sie wieder in den Schlaf wiegen. So sanft. So herzlich.
So gut … Manchmal kramte sie eine kleine vergoldete
Schatulle aus der Vitrine mit wunderschönen Mu-
scheln darin. Sie holten eine nach der anderen aus
dem Kästchen. Gemeinsam lauschten sie den sanften
Wellen.

Was ist mit Hanna? Wo will sie hin? Sie läuft Kjell
hinterher, dieses Miststück. Es war laut. Zu laut für
Valerie. Schon zu Beginn wollte sie etwas schlafen.
Sich ein wenig ausruhen. Nein, sie wollte … Sie wollte
bloß … Sie wollte zu ihrer Mutter.

»Freches Biest … bin froh, wenn sie nicht wieder
zurückkommt.«

Genau wie ihre Mutter. Es waren die gleichen Worte. Eines Nachts schlich sich ihre Mutter fort. Sie erinnerte sich an ihre Worte: *Ich komme gleich wieder,* hatte sie gesagt, doch es war eine Lüge gewesen. Sie war nie wieder zu ihr zurückgekommen. In jener Nacht hatten die Albträume begonnen. Sie hatte versucht, diese zu kontrollieren. Doch es war sinnlos. Sie selbst war hilflos. Sie hatte es nie geschafft, sich aus ihrer Starre zu lösen, und lebte fortan ihr Leben passiv. Kontrolliert. Versuchte, keinen Fehler mehr zu machen. Versuchte, sich zu erinnern, was damals falsch gelaufen war. Warum ihre Mutter sie verlassen hatte.

Die dicke Frau schmatzte. Valerie fragte sich, ob die zahlreichen Süßigkeiten Grund für den Diabetes waren oder der Diabetes Grund für den unermesslichen Zuckerkonsum. Was ist jetzt los? Wollte auch sie Kjell für sich? Ihn mit Schokolade gefügig machen? Doch nicht Kjell. Die alte Dicke quetschte sich durch die Tür. Ende Gelände.

Sind denn hier alle verrückt? Valerie hatte gelernt, dass es nichts half, vor Problemen wegzulaufen. Ihr Vater hatte ihr das jahrelang eingetrichtert. *Du darfst nicht davor weglaufen, Val. Stell dich deinen Problemen, Val. Nur so kannst du deine Angst besiegen,* hieß es tagein, tagaus. *Val, dies. Val, jenes.* Val, sie erinnerte sich. Kjell hatte sie so genannt. Ihr Vater, er ... er sollte recht behalten. Viel zu spät war ihr das bewusst geworden. Ihr ganzes Leben war nur ein Davonlaufen. Nur die Flucht vor einer Angst in die nächste. Die Angst vor der Einsamkeit. Die Angst vor der Traurigkeit. Die Angst, nicht mehr weiterzuwissen. Die Angst, sich vor der Starre zu lösen. Die Angst, sich dies einzugestehen. Wie ging es überhaupt Hanna? Sie musste doch was essen. Sie war so dünn. Ihr Baby. Der Snackautomat. Die Schokoladenfrau hatte einen Snackautomaten erwähnt.

Valerie schaute nochmals auf ihre Schuhe. Sie waren nicht um eine Spur trockener. Egal, sie würde … ja, sie würde … nein, nein … Sie hatte keinen Plan. Was sollte sie tun? Weglaufen war keine Lösung. Nur nicht weglaufen. Man muss sich seinen Problemen stellen …

»Entschuldigen Sie, Herr Unfried, aber … Ich komme gleich wieder.«

Sitzkreis V

Unfried strahlte. Ja, er strahlte, und zwar strahlte er eine Art von Müdigkeit aus.

»Weißt du, ich bin wirklich zu müde für das alles hier. Ich weiß nicht, wie lange ich diesen Job noch machen kann. Dieser ganze Irrsinn bringt mich um.«

»Lieber Unfried, Irrsinn ist keine Entschuldigung für den Tod.«

»Was glauben die bloß alle?«

Unfried versuchte, die Augen des Mannes zu erkennen, der unter dem Hut steckte – vergeblich.

»Was glauben die bloß? Was glauben die eigentlich, was sie sind? Wer sind die, dass sie mir so ins Gesicht lügen? Es ist nur mehr widerlich. Alle. Alle lügen. Ich bemühe mich. Ich mache, ich tue. Ich versuche es wenigstens. Und was bekomme ich dafür? Lügen, nichts als Lügengeschichten. Es gelingt mir nicht, ihnen den Spiegel vorzuhalten. Dass sie endlich die Wahrheit begreifen.«

»Die Wahrheit, lieber Unfried, hat viele Gesichter. Gesichter verstecken sich hinter Gefühlen. Gefühle suchen Schutz hinter Worten. Worte erzählen Geschichten, denen man Glauben schenkt. Und manchmal … manchmal blinzelt zwischen den Geschichten ein Stückchen Wahrheit hervor.«

»Aber … warum, in Gottes Namen, setzt sich keiner mit dem Dilemma auseinander? Ich will doch nur, dass es aufhört. Sie sollen doch der Wahrheit nur einmal ins Gesicht sehen. Nur ein einziges Mal.«

»Lassen wir doch Gott außen vor, mein lieber Un-fried. Gott selbst ist es doch, der dem Stärkeren jegliches Recht vorbehält.«

»Ich weiß nicht, was ich davon halten soll.«

»Absolut nichts. Du kannst nur sein, was du bist, Unfried. Eine Katze jagt. Sie fängt die Maus, die ihr vor die Nase gesetzt wird. Sie entscheidet nicht. Sie ist. Sie kann nicht anders, als die Maus zu erbeuten. Die Frage allein nach dem Richtig oder Falsch hat keinen Bestand. Diese Frage existiert nicht. Nur der Mensch kommt in die Misslichkeit zwischen Gut und Böse zu wählen, da er selbst wider sein Sein besteht. Der Gong, der das Schauspiel beginnen lässt.«

»Und Gott?«

»Unfried, ich glaube nicht daran, dass die Wege des Herrn unergründlich sind. Es gibt an seinen Wegen nur wenig zu ergründen. Nichts zu verstehen.«

»Diese Menschen, die mir immer vorgesetzt werden. Bin ich die Katze? Diese Menschen hier – auf ihren Stühlen in diesem Raum. Sie wissen einfach nichts. Sie kapieren einfach nichts. Diese Bürde, die auf meinen Schultern lastet; es lässt sie kalt. Sie sind bloß eine Last für mich, eine Mühseligkeit. Bloß Ballast. Jeder einzelne davon. Ich will nichts von ihnen wissen, ihre Leben interessieren mich nicht.«

»Ihre Leben sind deine Geschichte, lieber Unfried. Du würdest nicht existieren ohne ihre Geschichten.«

»Aber ich bin doch da. Ich existiere doch. Es ist doch so.«

»Selbstlüge, lieber Unfried. Sie ist immer noch die angenehmste Form des Selbstbetruges. Ein jämmerliches Konstrukt, an das man sich klammert.«

»Also, was soll ich tun?«

»Unfried, wenn das Unangenehme zum Unausweichlichen wird, da stellt sich die Frage nach dem Sollen längst nicht mehr.«

Der Mann mit Hut strich mit seinen knorrigen Fingern über die Hutkrempe.

»Wahrheit schmerzt und sie ist doch nicht mehr als ein Irrtum.«

»Ich erinnere mich nicht an ihre Namen. Ich erkenne nicht einmal ihre Gesichter. Was kann ich überhaupt tun?«

»Das ist doch nicht wichtig, Unfried. Sie haben keine Namen.«

»Ihre Gesichter, an kein einziges erinnere ich mich.«

»Sie haben viele Gesichter, mein lieber Unfried. Welchen Spiegel du ihnen auch immer vorgehalten hättest …«

»… was wäre passiert?«

»Ihre Gesichter, lieber Unfried, ihre Gesichter haben sie längst verloren.«

Kjell und der Ruf

Er sah ihnen den Schmerz an. Ihre zu eisigen Masken gefrorenen Gesichter. Ihre ausgemergelten Körper, angetrieben von der Angst, allen Mut zu verlieren. Ihre Augen bemühten sich, die leeren Höhlen dahinter zu verbergen. Diese Augen. Sie würden am liebsten hineinkriechen wollen und nichts mehr sehen. Hineinkriechen in das dunkle Nichts hinter ihnen. Es war allemal besser, als das Nichts zu sehen, das vor ihnen lag. Es war ihm ein Rätsel. Immer schon gewesen. Daran würde sich nichts ändern. Stolz und Tatendrang verlangten ihren Opfern alles ab. Vollkommene Befriedigung war es, die sie forderten. Von Woche zu Woche. Von Tag zu Tag. Von Stunde zu Stunde. Von Minute zu Minute. Von Moment zu Moment. Bis …

Bis zu jenem Augenblick, der ihr letzter sein würde. Dieser Augenblick, für den sie sich aufopferten. Um diesen Augenblick erleben zu dürfen, bezahlten sie teuer – mit dem, was ihnen so lieb und kostbar war: ihrem Leben. Sie alle wollten das Leben auskosten. Es erleben. Ein Stück davon kosten, ohne nur einen einzigen Gedanken daran zu verschwenden, dass dieses Stück genau danach schmeckte, was es war: nach Tod.

Mitleid? Nein. Es amüsierte ihn. Er amüsierte sich sogar königlich dabei, der Vernichtung dieser allesamt jämmerlichen Kreaturen beizuwohnen.

Er lachte in sich hinein. Nicht das Leben war ein Spiel. *Ihr irrt, meine Freunde. Der Tod ist es, der mit euch*

116

spielt, und wir wissen alle, wer nicht verliert. Niemals. Es ist wider sein Sein.

Es waren nur Spielfiguren, ausgesetzt dem Tauziehen zwischen Leben und Tod. Der Abgrund lag nicht vor ihnen. Nie. Sie hatten ihn längst hinter sich gelassen. Sie fielen längst und spürten den harten Aufprall nicht. So fixiert waren sie auf diesen kleinen zerbrechlichen Ast, den sie Hoffnung nannten. Und während sie danach griffen, bemerkten sie nicht, dass sie längst schon jeglichen Halt verloren hatten. Das, woran sie sich klammerten, war nicht mehr als ein Trugbild. Eine Fata Morgana der Seele. Menschen, diese verstümmelten Kreaturen der Schöpfung, die sich in ihrer Wirklichkeit suhlten. Es war ihnen nichts mehr vorbestimmt, als ihre Wahrheiten zu leben. Ihre Wahrheit, die sie für unumstößlich hielten. Sie selbst waren es, die sich schlussendlich den verheerenden Stoß versetzten, doch das kam ihnen nicht in den Sinn. Der Stoß in den Abgrund. Der Todesstoß. Nur dann konnten sie sich selbst erfahren. Sich *erleben*. Sie forderten ihn heraus. Ihn. Mit jeder Faser ihres banalen Daseins. Jedem Atemzug. Es war zutiefst lächerlich. So sehr sie um jeden Atemzug kämpften, fehlte es ihnen an der Begrifflichkeit. Jeder weitere Atemzug war es doch, der sie ihrer schlussendlichen Bestimmung näherbrachte. Wie dumm sie doch waren. Diese Krönung der Evolution. Was wollten sie beweisen? Wie wollen sie es beweisen? Womit? Mit Knochen und Blut?

»Ihr Schwachköpfe! Müsst ihr tatsächlich dem Tod ins Gesicht starren, nur um eure eigene Existenz rechtfertigen zu können? Müsst ihr in seine Augen blicken, um zu begreifen? Endlich zu begreifen? Endlich zu sehen?«

Ohne sich dessen bewusst zu sein, dass sein Gesicht das letzte sein würde, das sie erblicken würden. Das Gesicht des Todes.

Kjell blickte erschrocken zum Gipfel. Ein bedrohliches Geschwader an Donnerwolken näherte sich.

Seine Lungen brannten. Sein Körper fühlte sich an wie ein nasser Sack, der ihn hartnäckig in die Tiefe zog. Doch noch war sein Geist der Gebieter über diesen schwachen Teil von ihm, seinen Körper. Noch war sein Geist der stärkere Part. Sein Geist allein hatte die Kontrolle über seinen Körper. Es war immer bloß der Körper, der Macken machte. Dieses vor sich hin faulende Stück Fleisch war es, das aufgeben wollte. Doch er wäre nicht so weit gekommen, hätte er jemals dieser wertlosen Hülle klein beigegeben. Er wäre nie so weit gekommen ohne seine mentale Stärke. Er hatte sich nie etwas diktieren lassen. Von niemandem. Auch nicht von dem kleinen unscheinbaren Mann, der er mal war und der noch immer in ihm wohnte und seinen Körper als Sprachrohr benutzte.

Eher würde er sich ein Bein abhacken, sein Herz aus der Brust schneiden, bevor er auch nur einen einzigen Gedanken an das Aufgeben verschwenden würde. Solange ihn sein Geist trug, so lange würde er fliegen. Sein Leben war bislang ein einziger Flug. Höhen und Tiefen. Sturzflüge. Er war zigmal gecrasht, aber nie liegengeblieben. Sein Körper war die Maschine, an der er sein ganzes Leben lang geschraubt hatte. Genau so war es richtig. Genau so musste es sein. Keine Naturgewalt dieses verdammten Planeten würde ihn an seinem Vorhaben hindern. Sein Geist war der Pilot und mittlerweile flog er mit so einer beachtlichen Präzision, dass er seinem Geist blindlings vertraute und ihn für lange Strecken getrost auf Autopilot schalten konnte.

Kjell sorgte gut für seinen Körper. Sein Plan war exzellent ausgetüftelt. Nichts war dem Zufall überlassen. Vitamine, Nährstoffe und Spurenelemente. Hartes Training, über Grenzen hinweg. Er war immer auf der Suche nach neuem Treibstoff, doch dafür forderte er blinden Gehorsam und bedingungslose Treue. Vom Ballast würde er sich unweigerlich trennen. Ohne zu zögern. Es war alles eine Frage des Willens. Unwillen konnte er sich nicht leisten. Nichtskönner enden unter der Erde, und er? Nein, er war ein Pilot. Ein Flieger. Wenn nicht sogar ein Überflieger. Das war sein Credo. Keine Kapitulation vor dem Feind. Auch wenn der Feind in der Gestalt seines eigenen Selbst auftauchen würde. Auch wenn es das Leben selbst wäre, oder Gevatter Tod, der sich in die Tücher des Lebens hüllen würde, um ihn zu verwirren. Er würde ihn entlarven und ihm ins Gesicht lachen. Er würde in seine leeren Augen sehen und ihm entgegentreten als das, was er war. Als Kampfpilot.

Der Himmel. Er war merklich dunkler geworden. Bedrohlicher. Das vormals lockere Geschwader hatte sich mittlerweile zu einer Formation zusammengerottet. Undurchdringlich. Ein Schutzwall. Eine Mauer gegen alles Leben. Das Grollen wurde bedrohlicher. Kjell wartete nur darauf, dass Zeus mit seinem Zepter Blitze auf die Erde warf, nur aus einem Grund: diese zu zerschmettern. Warum? Weil er es konnte. Da steckte kein tieferer Grund dahinter. Kein tieferer Sinn, nach dem man graben musste. Ein ohrenbetäubendes Geräusch riss ihn aus seinen Gedanken. Instinktiv hielt er sich die Hände an die Ohren. Ein fataler Fehler. Er verlor den Halt, glitt den steinigen Felsen entlang und kam mit einem Ruck zum Stillstand. Er war schnell, doch nicht schnell genug. Er war stark, doch nicht stark genug. Der Haken hielt, doch nicht fest genug. Kjell hing baumelnd über dem Abgrund. Die Hände hielt er ausgestreckt neben seinem Körper, als würde er sich in Flugposition begeben. Sein Gesicht dem Himmel zugewandt. So dachte er wenigstens. Natürlich, wie sollte es anders sein? Naturgesetz. Wenn man fiel, fiel man nach unten. Von unten schaute man hinauf. Hinauf in den Himmel und suchte nach einer Leiter. Die Leiter, die zum Himmel führte. Nein, nicht um zu sterben. Nein, um hinabzusehen und in den Abgrund zu spucken.

Ja, das Leben war sein Freund. Der Haken hielt. Er würde nicht fallen.

Er war fasziniert von dem Schauspiel, das ihm das Wolkengeschwader bot. So, als würden sie gelenkt werden von einer höheren Macht. Von Piloten, so wie er einer war. In diesem Augenblick fühlte er sich mächtig. Immer mehr Wolken formierten sich. Sie nahmen ihre Kampfposition ein.

Ein Tosen. Ein Beben. Ein Toben. Ein Dröhnen, das durch seine Ohren drang, sich in seinem Gehirn ausbreitete und alles daran setzte, von seinem Geist Besitz zu ergreifen. Die Luft veränderte sich. Sie ballte sich zu einer großen Welle. Er konnte sehen, wie die große Gischt sich ihm näherte. Mit jedem Atemzug stieg sein Schrecken. Der Widerhaken begann sich zu lösen. Nicht bewegen. Warten. Warten worauf? Bewegen? Dann gäbe es keinen Ausweg mehr. Der Haken hielt nicht. Sein kleines schwaches Ich lachte.

»Siehst du? Oder siehst du nicht? Was nun? Wie du dich auch entscheidest, dein Körper kann nicht fliegen. Du kannst nicht fliegen. Kein Mensch kann das.«

»Aber ich, ich spüre es. Ich kann das. Ich weiß es.«

»Sieh dich an, hängend an der eigenen Nabelschnur. Nur entlässt sie dich nicht ins Leben, wenn sie reißt. Nein, sie lässt dich fallen. Hinab. Hinunter. Ja, du wirst fliegen. Es wird ein steiler Flug. Es wird dein letzter Flug.«

Ein Geräusch, als würden sämtliche seiner Knochen bersten, ließ ihn aufschreien. Das Seil, der Haken. Sein Leben. Sein Geist musste fliegen.

»Flieg!«

Und sein Körper gehorchte. Er flog. Segelte hinab in die Tiefe.

Schallendes Gelächter. Zufriedene Gurgellaute.

Es war nicht sein kleines unfähiges Ich.

Der Berg. Es war der Berg, dessen Gipfel er erreichen wollte. Der Berg, den er bezwingen wollte.

Spiel. Satz. Sieg.

Es waren seine Augen, die noch im Tod das Entsetzen widerspiegelten. Der Berg, er hatte ihn besiegt.

Hanna und der Sternenstaub

Es begann spätabends. Oder aber auch am Anfang – so wie es sein sollte. Der Beginn war immer am Anfang. So wie es sich gehörte. Immer, weil es immer schon so war. Und immer so ist. Oder war doch das Ende der Anfang von allem? Hanna überlegte. Und wie immer, wenn sie ihren Gedanken nachhing, bildete sich eine kleine Denkerfalte auf ihrer Stirn. Dabei kniff sie ein wenig die Augen zusammen, so, als würde sie ihren Blick schärfen wollen.

So gesehen begann es jetzt. Genau jetzt. Jetzt, während sie im Auto saß. Genau jetzt, während die Fahrbahn vor ihren Augen verschwamm. Tränen. Ihre Tränen schmeckten salzig und waren doch bitter. Sie versuchte, sich zu beruhigen. Tief ein- und auszuatmen. Nein. Humbug. Atmen ging von alleine. Der Atem, ja, der war ihr geblieben. Atmen konnte ihr keiner verbieten, das konnte ihr niemand nehmen. Atmen war leicht. Demonstrativ holte sie tief Luft, doch es glich mehr einem kläglichen Japsen, das ihren Körper unkontrolliert zum Zittern brachte. *Du bist einfach unfähig, sogar zum Atmen bist du zu blöd.* Nicht einmal das wollte ihr gelingen. So wie nichts in ihrem Leben. Alles war ihr entglitten. Sie hatte einst so viele Pläne in ihrem Leben gehabt. Für ihr Leben. Doch irgendwann hatte sie all die Pläne aus den Augen verloren. Damals. Wann immer dieses *Damals* ihr begegnet war. Damals. Es hatte mit leichten Kopfschmerzen begonnen. Sie waren erträglich gewesen. Unangenehm zwar, aber erträglich. Die Schmerzen wurden schlimmer, das anfängliche zumutbare Dröhnen wuchs zu einem Pochen. Tabletten halfen. Immer mehr Tabletten in immer kürzeren Zeitabständen. Ganz hinten in ihrem Kopf begann es zu ticken. Tick. Tack. Tick. Tack. Leise, aber eindringlich. Es musste eine Zeitschaltuhr sein. Irgendjemand hatte eine Bombe in ihrem Hirn versteckt; eine tickende Zeitbombe. *Ich habe dich gewarnt. Du bist eine tickende Zeitbombe.*

Ärzte. Sie war bei so vielen Ärzten gewesen. Neurologen, Therapeuten … Alle hatten sie nur belächelt. Es wäre nur eine psychische Sache. Nichts Ernstes. Nichts, wovor man Angst haben sollte. Sie würde nur übertreiben. Nach Aufmerksamkeit suchen. Sie müsse sich entspannen. Entspannungstechniken lernen.

»Vielleicht ist ein Hund eine Option«, meinte ihr Vater.

»Such dir endlich Freunde«, schlug ihre Mutter vor.

»Du brauchst endlich einen Mann«, riet ihr die Schwester.

Hanna wischte sich ihre Tränen aus dem Gesicht. Die Wimperntusche brannte in ihren Augen. Alles okay, es ist nichts. Sie drehte das Autoradio auf. Laut. Bis zum Anschlag. Die Musik dröhnte aus den Lautsprechern. Sie würden bald bersten. So wie ihr Herz. Ihre Seele. Es tut so weh. Hanna schnappte erneut hörbar nach Luft, drehte die Musik noch lauter. *Should I stay or should I go?* The Clash. Welch Ironie. War diese Frage an sie gerichtet? Was sollte sie antworten? *Wem* sollte sie antworten? *Wie* sollte sie antworten? Irgendetwas schnürte ihre Kehle zu. Irgendetwas ließ sie kaum atmen. Irgendetwas passierte gerade mit ihr. Gerade jetzt.

Der Himmel verfärbte sich dunkel. Blitze zuckten am entfernten Horizont. Blitze … danke. Sie zeigten ihr den Weg. Ganz gewiss. Sie zeigten sich nur ihr. Der Horizont war ihr Ziel. Was würde sie dort erwarten? Wer würde dort auf sie warten? Wer hielt sich dort versteckt? Dort – hinter dem Horizont? Gab es irgendetwas, das ihrem Leiden Sinnhaftigkeit entlocken konnte? Etwas, womit sie ihre quälenden und schmerzhaften Gedanken rechtfertigen konnte? Irgendetwas?

Ob ihr Gott helfen würde? *Einen Scheiß wird er für dich tun. Er genießt es sicher, dich hier so zu sehen. Jämmerlich. Verzweifelnd. Fragend. Vielleicht schließt er Wetten auf dich ab. Schaffen wir es bis zum Horizont, was denkst du? Oder sollen wir einfach gegen den nächsten Baum donnern?*

Lärm näherte sich. Wellenartig. Grollend. Bedrohlich. Die Welle wuchs, nahm immer mehr an Gewalt zu. Durchdringend. Tobend. Das Grölen durchstieß ihr Gehirn. Es drang immer weiter vor, nur aus dem einen Grund – um sich in ihrem ganzen Körper auszubreiten und es zu bezwingen: das Leben. Ihr Leben einfach wegzuwaschen wie einen Haufen Dreck. Als wäre es eine fremde Spezies, drang es unter lautem Gebrüll in ihren Körper ein. Nichts sollte ihr mehr bleiben. Alles Selbst war dem Untergang geweiht. Begraben unter einer gewaltigen unheilbringenden Welle. Sie war in ihr. Sie wurden eins. *Ich bin die Welle.* Sie hatte plötzlich keine Angst mehr. Keine Furcht davor, gegen einen Felsen zu schlagen. Der Fels konnte ihr nichts anhaben. Nichts mehr. Er war es, der sich nunmehr zu fürchten hatte. Vor ihr. Denn sie war es, die mit voller Wucht gegen die Klippe schlug. Immer und immer wieder. Monatelang. Jahrelang. Ein Leben lang. Eine Ewigkeit. So lange, bis von ihr nicht mehr übrig geblieben war als viele kleine Steine. Sehr kleine Steine. Sand. Ein Häufchen Elend, das irgendwann durch Kinderhände rieseln würde. So war es und nicht anders.

Ich bin nicht verrückt, oh nein ... Sie begriff. Endlich. Hanna ließ das Lenkrad los. Das Auto kannte den Weg. Sie musste nicht mehr tun, als auf das Gaspedal zu steigen. Es war so einfach. So sonnenklar.

Warum quälte sich der Mensch bloß mit Wegen und mit Richtungen? Warum suchte er verzweifelt nach Wegweisern und nach Zeichen, die ihn leiten sollten? Warum war er stets besessen davon, seine Bestimmung zu kennen, wenn doch die Bestimmung ihn schon längst gefunden hatte? Des Menschen erster Schrei war nicht mehr als eine Bestätigung. Eine Bestätigung seiner Bestimmung. Es war ein Hallo. Ein *Hier bin ich. Du hast mich gefunden.*

Hanna war bereit für die Reise. Ihre Reise. Es war ihre gemeinsame Reise. Ihr Auto fuhr schneller und schneller. Es raste. Längst war sie vom Gaspedal gestiegen. Es ging alles so einfach. Alles ging von allein. Es war dunkel. Nur die Blitze zuckten. Alle Anzeigen im Auto flackerten. Sie blinkten hektisch, als ob sie noch schnell etwas zu erledigen hatten, bevor ... Ein Krächzen und Ächzen. Das Auto war dabei, in seine Einzelteile zu zerbersten.

Doch Hanna war ruhig. Das Auto kannte ihr beider Ziel. Das hatte es ihr gesagt. Sie wollte anfänglich nicht darauf hören. Doch sie hatte es sich nicht eingebildet. Ihr Auto konnte sprechen. Zumindest sprach es mit ihr. Viele sprachen mit ihr, doch niemand konnte diese Stimmen hören. Nur sie. Sie allein. Ihr Auto und sie kannten das Ziel. Es würde sie beide dorthin bringen. Zum Horizont.

Dann … Erst dann wird es seine Arbeit getan haben. Erst dann. Vermehrte Blitzeinschläge tauchten die Umgebung in immer helleres Licht. Sie ließen die Umgebung aufflammen. So hell, dass es in ihren Augen schmerzte. Schützend hielt sie ihre Hände vor das Gesicht. Das Auto hetzte. Bald würde es von der Straße abheben und fliegen.

Ja, wir fliegen. Es würde nicht mehr lange dauern. Sie sehnte das Ziel herbei. Das Ende ihrer gemeinsamen Reise. Bald. Sie war versucht, blinzelnd zwischen ihre Finger zu schauen. Doch schnell verwarf sie den Gedanken.

Etwas bohrte sich in ihre Hände. Hanna schrie auf. Bersten von Glas. Splitterndes Glas. Der Motor heulte auf. Reifen quietschten. Donner. Blitz. Der Horizont. Hanna konnte ihn sehen. Er war nicht mehr länger vor ihr. Er war überall. Er umgab sie schützend und würde sie nie wieder loslassen. Hanna hielt ihre Augen geschlossen, doch sie konnte sehen. Wunderschön. So wunderschön. Warme Farben. Unmerklich flossen sie ineinander. Farben der Welt glänzten und glitzerten scheinbar um die Wette. Sternenstaub. Ja, es musste Sternenstaub sein. Nur er brachte die Welt so zum Funkeln. Nur er brachte die Welt zum Strahlen. Ihre Welt.

Süßlicher Duft stieg in ihre Nase. Es roch lieblich, es war ein ihr vertrauter Geruch. Doch die Erinnerung fehlte. Sie spielte ihr Streiche. Wohlige, heimelige Wärme. So musste sich ein gemütlicher Winterabend vor einem Kamin anfühlen. Sie war endlich daheim. Sie fühlte sich geborgen. Endlich. Beschützt. Endlich.

Jetzt! Hanna öffnete ihre Augen. Sie starrte auf ihre Hände. Blut. Es klebte Blut an ihren Händen. Scherben hatten sich in ihre Hände gebohrt. Glühendes Licht biss in ihren Augen. Es tat so weh. Der Sternenstaub. Wo war er bloß geblieben?

Es gab keinen Sternenstaub; nur Flammen, die den nächtlichen Himmel in diffuses Licht tauchten.

Valerie und die Tragödie in unzähligen Akten

Erschöpft ließ Valerie sich nunmehr vom Wasser treiben. Ihr Gesicht brannte unter der Sonne. Trugbilder waren das Einzige, woran sie festhalten konnte. Sie vertraute darauf, dass sie ihnen nicht vertrauen konnte. Mehr brauchte es nicht. Trugbilder hatten nur eine einzige Funktion: zu betrügen. Wer daraus falsche Hoffnungen knüpfte, konnte sich auch gleich an seiner geknüpften Hoffnung aufknüpfen.

Ihre Augenlider wurden schwer. Es wäre ein Leichtes, sie zu schließen. Vielleicht etwas schlafen. Nur ein kurzes Nickerchen. Oder für immer. Doch nackter Überlebensinstinkt machte ihr einen Strich durch die Rechnung. Einzig und allein ihm verdankte sie es, dass sie hilflos im Wasser umhertrieb.

Mit steifen Fingern klammerte sich Valerie verzweifelt an den Ast, den sie vor zwei Tagen zu fassen bekam. Oder waren es drei Tage? Gestern. Ja, es war gestern gewesen. Ganz bestimmt. Es tat im Grunde nichts zur Sache. Sie konnte ihre Hände nicht mehr spüren. Womit auch immer sie den Ast festhielt, es hielt. Der Ast blieb. Irgendwie. Vielleicht war es auch reine Willenskraft. So ein Wille kann doch schließlich ganze Berge bewegen, warum dann nicht auch einen Ast zwischen ihren Fingern halten und sie Richtung Ufer ziehen? Sie hatte 257 Wellen vorbeizischen gezählt. Leider hatte sie sich irgendwann verzählt und musste wieder von vorne beginnen. Doch der zweite Versuch endete schon bei Welle 47. Welle 47 war eine große Welle, die ihr mitten ins Gesicht klatschte, durch ihre Nase drang, in ihren Mund strömte und es sich in ihrer Luftröhre bequem machen wollte. Noch während sie Welle 47 aushustete, war Welle 48 im Anmarsch, die noch kraftvoller in ihren Körper drängte. Valerie hatte nicht gewusst, dass Wasser so brennen konnte. Nun wusste sie es. Sie kannte das Gefühl von Feuer in ihrer Lunge. Sie kannte den Schmerz, immer dann, wenn sie versuchte, Wasser auszuspeien, und sie kannte den Schmerz, wenn Wasser mit Luft um ihre Lunge kämpfte. Das Gefühl, wenn Feuer auf Feuer traf, mitten im Wasser. Mitten im Meer. Im Nirgendwo. Genau dort fand sie sich mit diesem dürren Ast zwischen ihren vertrockneten Fingern wieder.

Das würde ihr sicher niemand glauben. Valerie versuchte es mit schwarzem Humor. Verbrannt im Meer, vertrocknet inmitten von Wasser. Oder war es trockener Humor? Ein trockener Weißwein wäre ihr jetzt viel lieber. Pur. Ohne Wasser.

Falls sie das überleben würde, schwor sich Valerie, würde sie nie wieder baden. Haare waschen vielleicht. Aber nie wieder ins Wasser steigen. Aus ihrem Badezimmer würde sie ein Weinlager machen. Genau. Deal. Der Plan schien gut.

Je länger die Sonne auf ihr Gesicht brannte, desto mehr zweifelte sie daran, jemals wieder mit einem trockenen Weißwein auf ihrer Terrasse abzuhängen. Der Plan würde doch ohnehin nicht aufgehen und es würde zu keinem guten Ende kommen. Unbestreitbar würde es eines geben. Nur wäre es mit Sicherheit kein gutes Ende. Doch das hieße nicht, dass sie auf ihren

Wein verzichten müsste. Diffuse Gedanken drangen in ihr Gehirn und vor ihr geistiges Auge. Der Teufel selbst schien ihr diesen Ast geschickt zu haben mit den Koordinaten zur Hölle. Nicht auf kürzestem Weg. Der lange Weg sollte es sein. Nein, nicht der steinige Weg. Nein, er hatte sich für Valerie etwas ganz Besonderes einfallen lassen. Nur das mit dem Spazierstock hatte er wohl etwas missverstanden. Valerie prustete. Sie fand sich witzig. Dann würde sie eben mit Satan himself anstoßen. Das hatte sie sich verdient. Valerie spuckte Salzwasser aus ihrem Mund. Es war schon ein perfides Spiel. Hinterhältig und ein unbestreitbar teuflischer Plan. Der Ast hatte wohl nur den einen Zweck, nämlich ihr Leiden zu verlängern und im Gegensatz dazu, die Freuden des Höllenfürsten zu vervielfältigen. Es müsste ein wohlwollendes Schauspiel für ihn sein. Erste Reihe fußfrei. Ein Anblick für Götter. Götter der Unterwelt. Himmlisch unterirdisch. Teufel noch eins.

Einfach loslassen. Das wäre doch die ultimative Lösung. Warum, um Gottes Willen, sollte sie dem Teufel zur Unterhaltung dienen? Ihr ganzes Leben war sie nur für andere dagewesen. Jetzt sollte doch endlich damit Schluss sein. Sie musste niemandem mehr etwas vorspielen. Sie konnte das sein, was sie war. Wer sie war. Wer oder was sie auch immer war.

»Ja, natürlich.«

»Alles kein Problem.«

»Mache ich doch mit links.«

»Gerne, sehr gerne.«

»Selbstverständlich.«

»Wie möchtest du es haben?«

»Nein, bitte nicht.«

»Schlag mich nicht.«

»Ich mach es nie wieder.«

»Ich liebe dich, Schatz.«

»Bitte glaub mir.«

»Nein, nein …«

Sie hatte jetzt die Möglichkeit, zwei Fliegen mit einer Klappe zu schlagen oder sie wenigstens zu ertränken. Sie hätte endlich Ruhe von all der guten Laune, zu der sie permanent verdonnert wurde. Sie wäre endlich erlöst von all dem Grinsen, dem Heucheln und den Schlägen in ihre Magengrube. Ihre Seele hätte endlich den ersehnten Frieden. Endlich würde sie Erlösung finden. Endlich das Schauspiel beenden. Die Tragödie hätte ein Ende und schon vor dem letzten Akt würde der Vorhang fallen.

Die zweite Fliege. Die zweite Fliege. Was war das noch mal? Ja, Fliegen. Der Teufel frisst bekanntlich Fliegen, wenn er in Not ist, und seine liebe Not hätte er ganz bestimmt, wenn es schließlich hieß: Fin. Ende der Vorstellung. Er sollte sich gefälligst einen anderen Darsteller für sein Theater suchen. Für sein Lustspiel. Ihr Trauerspiel. Endlich hätte beides ein Ende. Spiel, Satz und Sieg. Ja, warum nicht. Warum dem Teufel kein Schnippchen schlagen?

Doch anstatt ihre Finger vom Holz zu lösen und endlich das letzte Bindeglied zwischen dem Hier und dem Dort loszulassen, klammerten sich ihre Finger nur noch fester um diesen Ast der falschen Hoffnung. Hoffnung würde doch als letztes sterben, hieß es. Na, das musste doch Hoffnung machen. Ihr Leichnam

würde längst eine Symbiose mit dem Meeresunter-
grund eingegangen haben, während dieser beschisse-
ne Ast noch immer falsche Hoffnungen schürte. Irgendwann. Irgendwo würde sich wieder irgendjemand an ihn klammern. Verzweifelt. Krampfhaft. Hilflos.

Und dieser Jemand würde sie nicht rufen hören –
von den Tiefen des Meeres hinaus: »Lass los! Lass einfach los, verdammt.«

Laureen und der missglückte Plan

»Du willst mich umbringen, nicht wahr?«

»Wie kommst du auf diese absurde Idee, Liebster?«

»Das Essen. Der feine gedeckte Tisch. Ich rieche das gleiche Parfum.«

»Kommt es dir bekannt vor?«

»Natürlich, du hast es getragen. Damals. Bei unserem ersten Date.«

»Du erinnerst dich?«

»Natürlich erinnere ich mich. Was denkst du von mir?«

»Nur das Beste, Liebster. Nur das Beste.«

»Siehst du, du tust es schon wieder.«

»Was denn?«

»Diese Sache. Alles ist schön. Ein perfekter Abend. Eine perfekte Frau. Deine Sprüche. Alles schon erlebt.«

»Ach ja, hast du das?«

»Ich meine, ich habe es gelesen. Darüber gelesen. In zig Krimis enden solche Situationen mit dem Tod des Mannes. Zumeist vergiftet die Frau den Ehemann. Muss ich mir Sorgen machen?«

»Aber nicht doch. Sorgen? Damals habe ich mir Sorgen gemacht, als du nächtelang weggeblieben bist … doch ich habe mich längst damit abgefunden.«

»Habe es dir immer versucht zu erklären. Ich war neu in der Firma. Habe hart gearbeitet, damit wir uns das alles hier leisten konnten.«

»Hart? Hart war wohl nur dein Schwanz.«

Hermann blickte fragend über seinen Brillenrand. Fast mochte man meinen, entsetzt und in der Hoffnung, es überhört zu haben.

Laureen strich ihm über seine Wange. Nichts Zärtliches war in ihrer Berührung. Es war keine Liebkosung. Mehr ein Ausholen für den vernichtenden Schlag. Er zuckte zusammen.

»Nein, was ist los? Ich nehm dir schon nicht dein Toupet vom Kopf. Ich weiß doch, wie eitel du bist. Nicht wahr? Aber nach der ganzen harten Arbeit muss man sich mal was gönnen und sich belohnen.«

»Ja, das Belohnen war auch immer dein Ding, nicht wahr?«

Jetzt war es Laureen, in deren Gesicht Fassungslosigkeit zu lesen war.

»Worauf willst du hinaus? Auf mein Gewicht? Belohnt? Ja, ich habe gefressen wie ein Schwein. Habe alles in mich reingestopft. Als Belohnung? Du Idiot! Ich habe damit versucht, die traurigen und einsamen Nächte zu überstehen. Habe versucht, mit meinem Fressen die Leere in mir zu füllen. Wenn ich so darüber nachdenke, ich bin die Idiotin. Nicht du.«

»Ich habe es nicht so gemeint.«

»Interessiert mich einen Dreck. Ich habe es so gemeint und damit basta.«

»Ehrlich, Laureen, es tut mir leid. Lass uns doch mit dem Abendessen beginnen. Du hast dir sichtlich Mühe gegeben damit.«

»Natürlich, mein Liebster. Wenn ich was gut kann, dann ist es essen, nicht wahr?«

»Bitte, Laureen, fang nicht wieder damit an. Ich habe Fehler und ich habe welche gemacht. Ich bestreite das nicht.«

Laureen schwieg. Sie unterdrückte ihre Tränen und schluckte ihre zurechtgelegte Antwort hinunter.

»Komm setz dich, iss mit mir. Weine nicht.«

Verdammt, das wollte sie nicht. Sie wollte nicht, dass er ihre Tränen sah. Sie wollte diese Tränen nicht weinen. Sie wollte nicht, dass er ihre Schwäche bemerkte. Und verdammt, sie wollte ihm nicht mehr glauben. Verdammt! Verdammt! Sie wollte ihn nicht mehr lieben. Sie wollte ihn töten. Sie wollte ihn küssen. Ihn abstechen wie ein Schwein. Ihn umarmen. Sie wollte ihn auslachen. Sie wollte nicht weinen. Warum hatte er schon wieder gewonnen?

Sie hätte gewinnen sollen. Es war ihr Spiel. Sie war am Zug. Sie sollte als Gewinnerin hervorgehen.

»Weißt du, Laureen, die Liebe ist ein Spiel. Es gibt Verlierer. Es gibt Gewinner.«

Aber wie …? Wie konnte er bloß ihre Gedanken lesen? Wie …?

»Doch niemals, niemals verteilt die Liebe Trostpreise. Sie ist einfach das, was sie ist. Unbarmherzig in ihrer wohlwollenden Güte. Wie klingt das für dich?«

Bevor Laureen sich setzen konnte, stand Hermann schon hinter ihr und richtete ihr galant den Stuhl zurecht. »Bitte, Laureen, setz dich.«

Er schenkte ihr Wein ein. »Dein Lieblingswein.«

Laureen nickte.

»Trotz aller Widrigkeiten in unserer Ehe weiß ich doch, was du gern hast, meine Liebe. Ich habe ihn heute besorgt. Für dich. Mich. Für uns.«

Hermann setzte sich und schenkte sein Glas halb voll.

»Auf dich. Und auf uns.«

Er hob das Glas. Laureen nippte am Glas.

»Nur zu …«

»Meine Medikamente …«

»Laureen, für uns. Bitte. Der guten Zeiten wegen. Der besseren Zeiten, denen wir entgegengehen.«

Laureen nahm einen Schluck.

Hermann prostete ihr zu und lächelte.

Er hatte so ein schönes Lächeln. Laureen fühlte sich verliebt. Sie nahm noch einen Schluck. Ach was. Es wird sicher alles wieder gut. Ganz bestimmt. Mit einem Zug leerte sie den Rest aus dem Glas. Ihr wurde übel, doch sie ignorierte das flaue Gefühl im Magen. Sie wollte ihrem Mann nicht den Abend vermiesen.

»Braves Mädchen.«

Hermann streichelte ihre Wange. Er setzte sein Glas ab und stand auf.

Noch bevor Laureens toter Körper gänzlich vom Stuhl rutschte, fing er ihn auf. Man musste immer vorsichtig sein. Das gibt sonst hässliche Flecken am schönen Boden, wenn man mit dem Kopf gegen die Fliesen schlägt. Die Fliesen waren doch so empfindlich. Sie verlangten nach einem speziellen Reiniger.

In Hermanns Kopf drehte sich alles. Irgendetwas schnürte ihm die Kehle zu. Er röchelte, rang nach Luft, doch jeder verzweifelte Versuch, seine Lungen mit Atem zu füllen, glich einem Messerstich. Etwas stimmte ganz und gar nicht. Während er fiel, versuchte er sich an der Tischdecke festzuhalten. Dabei fiel der Teller zu Boden und das Steak klatschte auf die kühlen Fliesen.

»Laureen, du verdammte …«

Ich und mein Fenster zum Hof

Dieses Fenster zum Hof. Ein kleines verdrecktes Fenster. Ein kleiner verdreckter Hof. Passt gut zu mir. Zu meinem Leben. Einem kleinen verdreckten Leben.

Mein Fenster zum Hof. Nicht mehr als ein kleines unscheinbares Etwas aus Glas; lieblos eingerahmt. Nicht mehr als ein vermeintlicher Lichtblick. Nicht mehr als ein billiger Trick. Nicht mehr als ein armseliger Versuch, Helligkeit in dieses dunkle Zimmer zu bringen. Vergeblich. Gescheitert war allein schon der Versuch. Ich sehe mich um und erblicke …

Nichts, was von Wert wäre.

Nichts, was es wert wäre, in Licht getaucht zu werden.

Ich sehe nichts.

Nichts, was das Licht in sich aufnehmen würde.

Nichts, was auch nur die Absicht hätte, einen lichten Funken auf mich zu werfen.

Ich sehe nichts, was meiner Hoffnung neue Nahrung bieten könnte.

Da war rein gar nichts.

Nichts um mich.

Nichts in mir. Kein Leben. Keine Seele. Nichts. Ich war leer. Erschöpft. Ausgelaugt. Mein Körper ist nicht mehr als eine Hülle. Aufrechterhalten nur aus Trotz. Nur aus falschem Stolz, nicht auf die staubige Erde zu fallen. Staub zu Staub, klingt es in meinen Ohren. Würde ich fallen, wäre es für immer. Diesmal. Ich würde den Aufprall nicht spüren. Ich würde verschmelzen mit dem Boden. Eins werden mit dem Staub. Selbst zu Staub werden. Und irgendwann würde jemand kommen. Viele Jahre später würde irgendjemand den Staub zusammenkehren. Er würde den Kehricht achtlos in eine Tonne schmeißen. Das Gesicht verzogen zu einer angewiderten Visage. Widerlich. Ja, es ist widerlich. Ich bin mir zuwider. Ich bin widerlich.

Die Vorhänge zur Straße hin sind zugezogen. Ich ertrage es nicht mehr: das Leben. Ich ertrage die Menschen nicht mehr. Ich ertrage ihre Gesichter nicht mehr. Ich will sie nicht. Ich sehe ihre Münder, wie sie scheinheilige Worte formen. Ihre Lippen, wie sie sich zu einem fadenscheinigen Lächeln verformen. Ihre Augen suchen nach Beute. Nach Beute, die sich nicht wehren kann. Beute, verwundet und verletzt. Vom Leben verstoßen, vom Tod ungeliebt. Es gibt keinen Ausweg. Wohin fliehen? Ich bin leichte Beute, unfähig zu fliehen. Ich winde mich. Noch.

Mögen sie mir doch endlich den Todesstoß versetzen.

Es raschelt an der Tür. Post. Ein Brief rutscht durch den schmalen Schlitz. Er segelt zu Boden und landet auf der Spitze des Stapels. Er findet keinen Halt. Rutscht, bleibt kurz hängen und landet neben dem restlichen Haufen von Briefen, Rechnungen und Werbematerial. Ich lächle. Wie die Welt draußen doch versucht, uns ein Leben vorzugaukeln. Wie sie alles daran setzt, uns ein leichtes Sein vorzutäuschen. Ein Kinderspiel. Ich möchte den Papierberg anzünden. Er soll sich in Luft auflösen. Alles. Alles soll sich auflösen. Verpuffen. Ich möchte mich in Luft auflösen. Ich öffne das Fenster und blicke in den Hof. Von hier aus möchte ich aufsteigen. Als Rauch. Schall und Rauch. Leicht will ich sein und gen Himmel fliegen. Halt finden auf einer Wolke. Gehalten werden von einem Engel. Meinem Schutzengel.

Meine Tränen schmecken bitter. Bitterer als sonst.

Ja, vielleicht sollte ich das tun. Fliegen. Doch kein Engel würde mir seine Hand reichen und mich festhalten. Er würde mich zurückstoßen. Ich würde fallen. Wieder. Ich würde landen. Auf dem kalten und harten Boden. Es wäre ein schmerzlicher Aufschlag. Wieder. Willkommen in der Hölle. Wieder.

Ich mag schon etwas sein. Etwas, das es nie hätte geben dürfen. Etwas, das nicht vorgesehen war. Nie. Etwas, das nicht in diese Welt passt. Nie gepasst hat. Etwas, das nicht von dieser Welt ist. Etwas? Nein, kein Etwas. Ich irre mich. Nichts. Ich bin nur ein Nichts. Nicht einmal etwas, das einen Namen verdient. Mich gibt es nicht. Ich schüttle den Gedanken von mir. Weniger. Jedes Nichts hat mehr Sein, mehr Tun und mehr von allem als ich. Was ist es, das weniger ist als Nichts?

Der Kaffee ist kalt. Der Instantkaffee … oder was davon noch übrig ist. Der letzte Rest. Diesen habe ich aufgehoben für einen besonderen Anlass, für einen besonderen Tag. Für einen besonderen Moment. Für jetzt.

Diese besonderen Momente. Sie währen lange. Bei Gott, es war ein langer Moment. Der Kaffee steht seit gestern auf dem kleinen wackeligen Tisch. Der Kaffee wartet. Wir warten beide. Mein Kaffee und ich. Er auf dem wackeligen Tisch. Ich daneben. Buche. Ich hasse

Buche. Wenn es doch nur Buche wäre. Der Tisch ist nur billiges schlechtes Imitat von etwas Ähnlichem wie Buche. Von Weitem gesehen. Bei schlechtem Licht. Der Tisch ist kalt und ohne Leben. Ohne Zukunft. Nicht einmal Erinnerungen bleiben diesem grausigen Möbelstück. Nicht zwingend schlecht, wenn ich genau überlege. Erinnerungen wovon? Erinnerungen woran? Im Grunde müsste ich den Tisch mögen. Er ähnelt mir in seinem Wesen. Das Nichts scheint unsere Seelen zu verbinden. Angenommen, der Tisch besäße eine Seele oder besser, wenn ich eine Seele besäße oder noch besser, was auch immer wir besäßen. In uns. Etwas, das einem Leben ähnelt. Etwas, das uns Grund gäbe. Grund zum Leben? Vielmehr Abgrund als Grund. Ich nippe am Kaffee. Kalt. Ich berühre den Tisch. Kalt. Auch wenn ich den Tisch anzünden würde, er bliebe kalt. Das ist es. Ja. Heureka. Ich habe die Antwort. Weniger als Nichts? Oh ja, ich weiß es nun. Die Antwort ist genau vor mir. Sie steht vor mir. Auf genau vier wackeligen Beinen. Ein miserables grausames Imitat von Leben. Ein Tisch. Aus Buche. Mein Tisch. Das ist die Gleichung, wonach ich gesucht habe.

Der Tisch. Er wird brennen. Kurz und schmerzlos. Er wurde nie geboren und hat nie gelebt. Kann er dennoch sterben? Kann etwas sterben, was nie gelebt hat? Tut nichts zur Sache. Er muss verschwinden. Mit mir gemeinsam. Danach wäre es so, als hätte es uns nie gegeben. Kein Kunststück, da es uns nicht gibt. Nie gab.

Ja, er ist wirklich grauenvoll. Nicht einmal ein Schatten seiner selbst. Ihn selbst gibt es doch gar nicht. Er ist nur dazu da, um etwas anders zu sein als Nichts.

Als er selbst.

Ohne Leben. Ohne Schmerz. Ohne Gefühl. Ohne Freude. Ohne Trauer. Ohne Buche. Ohne Nichts.

Der Kaffee. Er schmeckt nicht. Schmeckt nach nichts. Nein, Nichts kann man nicht schmecken.

Ich habe Kopfschmerzen. Ich kann an nichts denken. Nein, nichts kann man nicht denken. Nichts, was es wert wäre.

Das Fenster zum Hof. Dieses Fenster führt ins Nichts. Nichts. Verdammt, es ist alles nichts. Nichts. Ich kann nichts. Ich bin nichts. Alles um mich herum ist nichts. Ich will nichts. Ich will nicht.

Ich schleudere die Kaffeetasse aus dem Fenster. Ich höre hin. Nichts passiert. Ich kann nichts hören.

Ich hämmere wie wild auf den Tisch.

»Du jämmerlicher Tisch! Was machst du hier? Nichts. Du tust nichts. Stehst hier blöd rum und niemand weiß warum. Niemand weiß, seit wann.«

Doch ich weiß, dass es nichts zur Sache tut. Es interessiert niemanden. Der Tisch leistet keinen Widerstand. Wogegen auch? Er bricht in sich zusammen. Kein Ächzen. Kein Klagen. Nichts.

Wütend und voller Zorn werfe ich das Häufchen Elend aus dem Fenster. Die Tischbeine, die zersprungene Tischplatte. Alles raus. Verdammt, ich brauch dich nicht. Ich brauche nichts und niemanden.

Ohne Ziel, ohne Grund. Nichts ist von Dauer. Was soll das Leben? Wem nützt es? Wenn doch alles verschwinden kann, als wäre es nie gewesen. Dinge, die gewesen sind und die es nie hätte geben sollen.

Aus dem Nichts. In das Nichts.

Es gibt nur einen Weg. Das Fenster zeigt mir diesen Weg.

Ich klettere auf das Fensterbrett. Nichts, was mich hält.

Ich springe. Ich falle.

Nichts.

Eine schöne Wohnung. Es roch etwas staubig. Der Makler öffnete das Fenster zum Hof und ließ frische Luft herein.

Sitzkreis VI

Ich kann mich nicht mehr erinnern, was passiert war. Was mache ich hier bloß? Wer sind diese Menschen? Was kritzelt dieser Typ ständig in seinem Block herum?

Es kann mir egal sein. Ich konzentriere mich auf die Stühle um mich herum. Buche. *Gott, ich hasse doch Buche.*

Gelangweilt blickt Unfried in die Runde.

»Was genau ist es denn, was Sie so wütend gemacht hat, Hermann?«

Ich überlege. Nein, diesen Hermann kenne ich nicht. Doch ich hasse ihn jetzt schon.

Epilog

Ich hoffe, Kjell, Hanna, Valerie und Laureen haben Sie nicht allzu sehr aus der Fassung gebracht. Konnten Sie alles gut mitanhören? Spannend, wie man sich in seinen verschiedenen Wirklichkeiten verstricken kann. Nehme an, Sie saßen etwas abseits, um nicht die Therapiegruppe zu irritieren und somit den therapeutischen Erfolg zu behindern.

> Es gibt drei Wahrheiten.
> Die bekannte, die nicht funktioniert.
> Die unmögliche und
> die nicht gedachte.

Ich weiß nicht, wie es Ihnen in jenem Raum erging und ob Sie eventuell die eine oder andere – sagen wir: Wahrnehmung – mit einem Mitwirkenden teilen konnten. Oder glauben Sie gar, jemanden wiedererkannt zu haben? Ich würde mich freuen, mehr von Ihnen zu erfahren und es mich wissen zu lassen, ob Sie durch jene geheimnisvolle Tür gehen würden. Dann, wenn die Zeit gekommen ist – versteht sich. Wohin sie führt, wollen Sie wissen? Vertrauen Sie mir, es wäre viel zu früh, darüber viele Worte zu verlieren. Vielleicht später, dann, wenn Sie sich dazu entscheiden, mehr zu sein als nur ein stiller Beobachter.

Ein weiser Mann hat mal gesagt: »Wahrheit schmerzt und sie ist doch nicht mehr als ein Irrtum.«

Vielleicht sollten wir es dabei belassen. Vorerst.

Svea Kerling

Bibliographie

Schwarz oder Weiß – Borderliner kennen kein Grau
Autobiographischer Roman

Das Haus mit den traurigen Augen
S. Kerling meets E. A. Poe – Erzählungen

Chorus Mortis – Tanz in der Finsternis
Anthologie (mit J. Mertens)

www.sveakerling.com

Lightning Source UK Ltd.
Milton Keynes UK
UKHW011446070720
366156UK00002B/337